京都綺談

実業之日本社

京都綺談　目次

カバー装幀　水野敬一

光《こう》悦《えつ》殺《ころ》し

赤江瀑

赤江瀑（あかえばく）一九三三年〜二〇一二年
放送作家としてテレビドラマなどを手掛けたあと、一九七〇年、「ニジンスキーの手」で小説現代新人賞受賞。一九七四年に『オイディプスの刃』で角川小説賞を、一九八三年に『海峡』『八雲が殺した』で泉鏡花文学賞を受賞する。古典芸能や伝統工芸の世界を描いた耽美小説が特徴的。作品集に『京都小説集　其の壱　風幻』『京都小説集　其の弐　夢跡』がある。

1

紙屋川《かみやがわ》のほとりにそって鷹ケ峰のふもとを行く谷間道を歩いていると、いつのまにか足もとをはい、あたりにあふれたつものがあり、眼先をながれ、身にまといつき、ひと足ごとに足から腰へ胸へ首へとそのおぼろなものの気配は深まり、深まるにつれて、わが身が宙に消えて行く感じが、ふと手にとるようにわかったりする。

そんなとき、伎和子《きわこ》は、寂《しず》かな暗い情念につつまれていて、歩いていることを忘れていた。肉体の輪郭が消えてなくなり、寂かな暗い情念だけが、その樹陰の藪下道《やぶしたみち》をひっそりとたどっていた。

いつもわれに返るのは、千束坂《せんぞくざか》にさしかかる急勾配《きゅうこうばい》ののぼり口を、眼の前にしてからだった。

そのコンクリート固めのほそい坂道は、京都でもちょっと類のないめずらしい急激な勾配を持っていた。滑りどめの凸凹刻みがほどこされてはいるけれど、車でものぼろうものなら、フロント・ガラスには空しか見えず、谷底から天空へほとんど直角にでもよじのぼっている錯覚にとりつかれ、落下しないのがふしぎなくらいの急坂だった。

この坂道をのぼりきると、京都北西部の高台、鷹ヶ峰の町すじへ、いきなり出る。

市内千本通りを、北大路を経て、お土居、源光庵前と、ゆるやかにのぼってくる、いわば街なかからの表通りとは反対に、千束坂は北山を背に山の手から鷹ヶ峰の家並みへ入る、聚《しゅう》落《らく》の裏とば口とでもいえばよいか。山がわからひょっこりと洛北のその町すじへ逆に出る、一つのひそかな入り口だった。

三東《さんとう》佐和子《きわこ》は、いつもわざわざ紙屋川の谷ぞい道を逆行して、この千束坂をのぼり、その高台の町並みへ足を踏みこむ。

ほそい急激な坂道が、上空へのぼるという感じを、とつぜんあたえてくれるからだった。

そのとつぜんの感じに苦渋があり、事実ガード・レールにつかまるか、石積み崖へ手をかけて、のぼりはじめるとたちまち息切れのする難渋感が、佐和子には、この山峡《やまかい》の町をおとずれる自分にはなにかふさわしい、なくてはならないもののような気がするのであった。

千束坂は、いってみれば、佐和子にとって、一昨年の夏以来はじまった鷹ヶ峰通いには欠かせない、たどり馴《な》れた光悦町への、長い険しい通用門なのである。

そんなに長い坂道ではなかったけれど、きりもなくか細く天へのぼっていく思いのする胸苦しい道であった。

京都市北区鷹ヶ峰光悦町。

元和《げんな》のむかし、徳川家康によって、この都はずれの山深い林野の一帯は、京の町衆・本阿《ほんあ》弥《み》光悦《こうえつ》の手にあたえられ、切り開かれて、世に伝わる工芸者集団の聚落となって以来、一門縁者、工人たちをひきつれてこの地へ移り住んだ総帥《そうすい》・光悦の名とともに、由緒を残す町であったが、佐和子には、ついこの間まで、ここはその町の名の由来はおろか、もっと正確にいえば、このあたりは単なる洛北の一町内ということ以外に、彼女の身のまわりの暮らしにはまるで縁もゆかりもない土地だったというべきだろう。

同じ京都市内には住んでいても、鷹ケ峰といえば、市街を一望に見おろせる高みの町、あるいは夏の大文字の送り火の夜、『左大文字』と『船形』の火床のちょうど中間あたりに位置する場所、という程度の関心しか、佐和子にはなかったといってもよい。

光悦町などといわれても、それが市内のどこにある町名なのかさえ、彼女は答えることはできなかった。

まあ、京都に住んでいるからといって、おそらく大半の人間がそうではあろうけれど、この都の千年の歴史が擁している名所旧跡、故事来歴のひとつびとつを丹念に訪ねたり、知識にして身につけていたりする人間たちが、そうあちこちにいたりするわけではない。京都住まいの京都知らずとでもいうか、それが普通のことだった。

高校を出てホテルに就職してから五年目になる三東佐和子も、そんなごくありふれた若い京都人のうちの一人なのだった。一昨年の夏のはじまりどきのある一日が、彼女の暮らしのなかに存在しさえしなかったら……。

光悦寺は、本阿弥一族の菩提《ぼだい》を弔う位牌所跡に、光悦の死後、本堂を建立《こんりゅう》して日蓮宗寺として開基されたものであるが、寺のたたずまいといえば、寂《さ》びれた木造の本堂と、鐘楼があるほかは、庫裡《くり》の裏手に最近建てられたま新しい収蔵庫が見られるだけで、ごくそっけないこざっぱりとしたものである。

観光客があとからあとから乗り込むような寺ではなかった。

むしろこの寺の存在は、寺としての体裁よりも、べつの姿でその名を知られているようだった。

佐和子がはじめてこの寺を訪れた日、彼女自身も、そんな印象を持った。

光悦町のどこかひなびた人家の並ぶ町すじに、いきなり寺門も開いていて、杉の刈り込み生垣《いけがき》を両側に配した石畳の参道が一直線にのびている。次門を潜ってその石畳の細道はさらにまっすぐその先へつづき、庫裡の建物へぶっつかる。この参道の切れた右手に、小振りの変哲もない一棟の本堂、左手に、鐘楼があり、寺の構えは、ここまでで終っている。

つまりこの寺の寺らしい風景は、二つの門をつないで直線状にのびる生垣囲いの参道だけだといってもいい、それはあっけない寺構えである。

しかしこの寺の本領は、じつはこの本堂前の参道がとぎれた部分から、はじまる仕組みになっている。拝観受付もこの場所にあり、寺内の奥へいざなう誘導路も、この地点からはじまっている。

受付のある庫裡と本堂をつなぐ細い渡り廊下の下を潜って誘導路へ踏み込めば、視界は一変して、木立ちの庭となる。

眼の前に、円《まど》かな雅味のある稜線を空に描いた文字どおり絵のような鷹ヶ峰、鷲ヶ峰、天ヶ峰の三山をとり込んで、自然の丘陵林の姿をそのまま庭の風趣にした閑寂《かんじゃく》な領域が、そこにはひろがっている。

白砂利の遊歩路をめぐらせた、池あり、垣根あり、飛び石露地あり、小藪や、熊笹や、苔道ありの平らかな疎林のひろがりは、その先で竹や櫟《くぬぎ》の深い谷間道へ落ち込んだりして、高低の変化も典雅と野趣をないまぜにした丘庭だった。

この丘庭が独特の景色を持つのは、その木立ちや藪や谷間《たにあい》のいたるところに、それぞれ造りも趣も異なったいくつもの茶席の建物を、散在させている点にあった。

世に『光悦寺の茶席』といわれ、その道では名高い庭の光景なのだった。

光悦寺を訪《おとな》う人間たちは、この茶席の散る丘陵庭を逍遥《しょうよう》し、洛北の風光を満喫する。

光悦寺には、そんなもう一つの貌《かお》があった。

寺というよりも、この茶席の庭で、この寺はいま存立しているかの観があった。

茶の道に堪能であった光悦の菩提寺としては、いかにもふさわしい景色ではあったが、いずれも大正、昭和に入って、近年建てられた新しい茶席ばかりである。すべて貸し席になっているという。

三東伎和子は、その茶席のうちの一つ、有名な臥牛《がぎゅう》の姿に見立てたといわれる光悦垣をめぐらせた、のどかな内露地のある茶室の前で、立ちどまった。

いつも、この寺のうちをさまよい歩くとき、一番最初に、まず足をとめる場所だった。

背後に杉木立ちと古池につづく三巴亭《さんぱてい》、向かいに了寂軒《りょうじゃくけん》と席名を持つ二つの茶席を優然としたがえるかのようにしてたたずまうその光悦垣をめぐらせた切妻造りの風雅な茶席は、八十歳の天寿をとじた光悦臨終の庵、太虚庵《たいこあん》の跡をしのんで、大正期に建てられたという、その名も太虚庵とよばれる茶室であった。

この寺の数ある茶室の中核となる代表席なのだった。

千束坂をのぼって、町すじへ出て、寺門を潜り、この茶室の前へ立つまでは、坂をのぼった息切れは、まだ消えずに佊和子の体のなかに残っていた。

いつも、その息切れをしずめるのは、ここ、太虚庵の前であった。

長い間、彼女はここで刻《とき》をすごす。

冬の洛北の寺には、人影はなかった。

山禽《やまどり》が啼《な》いていた。

熊笹や赤凋れた苔のおもてに、名残りの雪が固まっている。

陽は明るく射していたが、鷹ヶ峰の空は雪雲におおわれていた。

佊和子は、いつも思うことを、この日も、また、思った。

この茶席の前へ立つと、自然に心に湧いてくる声であった。

その声で、彼女は、見えないものへむかって、話しかける。しんとした人気《ひとけ》ない茶室の奥に、その声を聞く相手がいでもするように。

(あなたが、殺した。そう。あのひとを殺したのは、あなた)

伎和子は、一語ずつ、ゆっくりと区切るようにして、心のうちで話す。

（わたしには、そう考えることしか、できないの。一年。いえ、もっとになるわ。また年が明けたから、この夏がやってきたら、もう丸二年になるわ。毎日、毎日、考えるわ。そうでしょ？　あなたにも、もうどのくらい聞いてもらったか。何度お話ししたか。でも、わたしには、どうしても、そう思うしか、ほかに考えようがないの。同じことを、同じように、いまも、考えているわ。

あなたが、殺した。

そうでしょ？

ちがったら、教えて。

それを教えてもらいに、わたしは、ここへきてるんだから。わたしが、まちがっていたら、教えて。

この一年と半年の間。わたしは、わたしにできるかぎりのことは、したわ。あなたについて、知ることのできるかぎり、わたしは知ろうとしたつもりよ。本も読んだわ。資料も漁《あさ》った。図書館へも通ったわ。あなたについて、いろんな人が、いろんなことを書いている。話している。いえ、あなた自身も、たくさんの書や、工芸作品や、手紙文や、記録にとどめられている業績の数々を、この世に残していらっしゃる。

あなたが、刀剣の目利《めきき》や、磨礪《とぎ》や、浄拭《ぬぐい》を家職にする本阿弥家の一門に生まれ、上京小川の本阿弥辻子に住んでいらっしゃったことも、あなたの一門同族の人たちの名前や系図も、あなたが生涯に持たれた交友、師弟、お仕事仲間の人たちとのおつきあいも、この鷹ヶ峰での生活も、あなたがどんなことを考え、どんな暮らしをしてきた人か、わたしは、いっしょうけんめい、知ろうとしたわ。

文献資料や、研究家の言葉、あなたの残された芸術作品、そんなものを、ひとつひとつ勉強したわ。

そう。わたしには、こういう勉強はむいてないかもしれないわ。こういうことは、わたしは苦手な人間だから。でも、人に聞いたり、教えてもらったりもしたわ。あなたの一門のかたが書いた『本阿弥行状記』も、読んだわ。『賑《にぎわ》ひ草《ぐさ》』に出てくるあなたも、だから、わたしは知ってるわ。高校のときの先生や、知り人の大学生や、美術館の人たちや、いろんな人の力も借りて、あなたのことを調べたわ。

あなたや、あなたが生きていた時代の歴史のことなんかを、わたしは、ほんとに勉強したの。学生時代に帰ったみたいに。試験勉強でもしてるみたいに。

そして、思い出したりもしたわ。あなたの名前は、学生時代に、ちゃんと歴史のなかで教えられていたことも。でも、わたしには、きっと印象に残らなかったのね。すぐに、忘れてしまったんだもの。忘れて、思い出しもしない人だったんだもの。

利休《りきゅう》や、織部《おりべ》は、おぼえてるわ。角倉了以《すみのくらりょうい》や、素庵《そあん》も、名前くらいは知ってたわ。御朱印船や、高瀬川のことなんかでね。それから、灰屋紹益《はいやしょうえき》。この人も、名前は思い出さなかったけど、島原の吉野太夫を身請《みうけ》したんだとわかって、ああって、気がついたの。俵屋宗達《たわらやそうたつ》。

彼の名前も、知ってたわ。有名な『風神雷神』の屛風《びょうぶ》絵は、本かなにかで、何度か見かけたことがあるもの。

まあ、それくらいの人たちは、名前に馴じみがあったわ。すくなくとも、あなたよりは。

ほんとに、わたしは、あなたを、よく知らなかったの。

時の将軍、公家、一流の文化人たちと交際を持ち、その人たちを凌《しの》ぐほどの実力や業績も残されているあなたを、どうしてわたしは、よくおぼえていなかったりしたんだろう。

あなたの書。あなたの本。あなたのお茶。あなたの陶芸。あなたの蒔《まき》絵《え》。あなたの信仰。あなたの鷹ヶ峰経営。あなたの世のなかを見とおす眼。そして、あなたの歩いてきた生涯。

時の権力と交わって、利休のようにも、織部のようにも破滅せずに、桃山、江戸前期の、近世初頭の絢爛《けんらん》たる芸術文化を花にした旗頭の地位を保ち、八十年の天命を全うして大往生したあなた。

そう、あなたについての山ほどの知識を、いま、わたしは持ってるわ。

あなたを、巨大で、万能の芸術家だという人もいるわ。世故《せこ》にたけた、おそるべき処世術で一門同族の安泰を守った人物だという人も。また、人に決してへつらったり、おもねったりはしない、大義をわきまえた大人物だと伝える人も。

わたしには、とてもそんな大それたことはいえないけれど、でも、わたしはわたしなりに、あなたの偉大さや、傑出ぶりは、理解したつもりだわ。

だってそうでしょ。あなたを、知らなきゃ、あなたが、あのひとを、どんなふうにして殺したのか。なぜ、あのひとが、あなたに殺されたのか。わたしには、見当もつかないもの。だから、あなたを知ろうとしたの。

わたしには、どうしても、あのひとが、あなたに殺されたという気がしてならないの。なぜそうなのか。いくら考えても、わからないけれど、でも、そんな気がするの。

この確信は、消せないの。

三百四十年前に亡くなっているあなた。

あなたに、どうして、この現代の、二十世紀の世に生きている人間が、殺せたりなんかするの？

わたしに、それを、教えてほしいの。

一昨年の夏のはじめ、あのひとが、死んだことにまちがいはないんだから。そして、あなたが殺したとしか、わたしには考えられないのだから）

三東伎和子は、柿葺《こけらぶ》きの付け庇《びさし》のある茶席を、じっと動かない眼で眺めていた。

二本引きのにじり口の板戸はとじられていて、淡い冬の陽があたっていた。

太虚庵は、静かだった。

2

伎和子が、前野友彦のとつぜんの死をしらされたのは、一昨年の梅雨あけの時分であった。

ホテルの勤めが早番の日で、仕事をあがって、河原町通りへ出ると間もなくのことだった。うしろから呼びとめられ、振り返ると、

「やあ」

と手をあげながら、友彦の友人が駈け寄ってきた。

「あら、木下さん」

「しばらく」

「ほんとうに、しばらくね」

「あがり？」

「ええ。久しぶりのお天気でしょ。ぶらぶらしようと思って」

「そう。僕も四条まで出るから、じゃ」

といって、二人は並んで歩きはじめた。

陽射しの濃い雑踏だった。

「どうして、きてくれへんかったんや？」

「え？」

佐和子は、木下の顔を見た。

「葬式くらいには、顔出してくれるやろと思ったけどな」

「お葬式？　だれの？」

「だれ？」

木下は、おどろいたように見返した。

「そんな言いかたはないやろ。君達の間が、うまく行ってないらしいってことは、知ってたよ。でも、葬式だろ。ほかのこととは、ちがうだろ？」

「待って。なんの話？」

「なんのって……じゃ、知ってへんのか？」

佐和子は、急に息をとめた。

「死んだんやで。友彦」

と、木下が告げた声が、いまでも耳もとに残っている。

その頃、確かに木下がいうように、友彦との仲はうまく行っていなかった。いや、うまく行っていないというよりは、もう回復の見込みのない間柄だったというべきだろう。

そして、そんな間柄になってしまった原因も、友彦と佐和子のまわりにいた人間なら、だれもが知っていた。口にこそ出してはいわなかったが、二人の仲がもうもとへはもどらないだろうということは、みんなにもわかっていた。

その二人の仲を遠ざける原因となったできごとというのは、前野友彦が死んだ日から、さらに二月ばかり前、まだ夏の気配にはすこし間のある、新緑の出そろいはじめた頃の新聞紙面をさがしてみれば、京都版に載っている小さな記事だが、事件のあらましはだれにでものみこめる。

二つの新聞が、とりあげていた。

一紙は、

――白昼、鴨川土手で強盗

もう一つの地方版は、

――若い女性、襲われる

という見出しを掲げていた。

どちらの記事もごく短かく、同じ内容を伝えているのだが、その伝えかたに微妙なニュアンスのちがいがあった。

事件の内容は、被害者の若い女性が、鴨川べりの喫茶店でお茶を飲んでいたところ、客をよそおっていた見知らぬ男に刃物でおどされて連れ出され、すこし上流の土手の草むらへおりたところで、所持金五万円を財布ごと奪われた。誰も事件には気がつかず、被害者は当て身をくらって気絶しているところを、通行人に発見された――というものであった。

どちらの新聞も、被害者の女性を『A子さん』と伏せていたが、『若い女性、襲われる』と書いたほうの記事に、『乱暴され』というような表現が使ってあった。

被害者は、無論、伎和子であり、『乱暴され』という個所が、当て身をくらったことをさすとしたら、ほぼ事件の報道に誤りはなかった。

伎和子は、その日、休勤日で、友彦とその喫茶店で待ちあわす約束になっていた。友彦は、河原町のデパートに勤めていて、休みがうまく重なりあった日のできごとだった。

　約束時間が二十分ばかりすぎていただろうか。急にうしろの席の客が立ちあがって、伎和子の隣へ腰かけた。そのときはもうナイフをつきつけられていて、とっさのことで動転した伎和子は、

「立て」

　という言葉についつられて、ふらふらと腰をあげた。

　店内には、ほかに客もいたし、冷静に考えれば打つ手はあったと思われるのだが、脱いだ上着の下に隠した男の刃物は、伎和子の脇腹の肉にくい込んでいて、ほんとうに刺されるという気がし、彼女は冷静さを失っていた。

　レジをとおるときも、いわれるままに伎和子が代金を払い、表へ出ると、男はすぐに川土手へおりて、しばらく人気のないあたりまで歩かされた。あとは新聞にあるとおりで、急に当て身をくらわされ、気がついたときには、学生風のアベックがそばに立っていた。

　短かめのスカートがめくれあがっていたことは確かだし、ショルダー・バッグの中身があたりに散乱していたりして、ある種の連想を呼びやすい光景もなかったとはいいきれない。伎和子自身、自分の姿に、はっとしたりもしたのだから。

　けれども、乱暴された事実はなかった。

時間を見れば、友彦との待ちあわせ時間を四十分近くすぎていたから、喫茶店を出て、二十分たらず、おそらく十四、五分の間のできごとだったろう。十分近くは男といっしょに歩いたと思われるから、伎和子が気を失っていた時間は、長くても四、五分程度のものだったにちがいない。

それに、草むらといっても、そんなに深いしげみがあったわけではないし、鴨川土手の両岸は車も人も通りつめていた昼間のことである。

財布を奪われたこと以外に、なにごとかが行われたとは思えなかった。また、そんな痕跡も、自覚も、伎和子のがわにはまったくなかった。

伎和子は一度、喫茶店にひき返し、友彦がきてはいないかと探したのだが、レジの女の子が顔をおぼえていて、

「ああ、そうそ、あなた、帽子忘れてはったでしょ」

と、声をかけてきた。

「帽子？」

伎和子は、そのときはじめて、自分がつば広の日除け帽をかぶっていないことに気づいた。

「やっぱり、あなたでした？　いえね、さっき男のかたがみえてね、待ちあわせしてたんやけどってたずねはるんでね、もしかしたら、あなたやないかなあと思ったの。けど、出はるときお連れさんがあったでしょ。そやから、ちがうかなあとも思ったんやけどね。とにかく、帽子忘れてはったんでね、そのひとに見せてみたの。そしたら、『そうや』いうて、いっし

ょに出はったお連れさんのこと、ちょっと聞いてはったけど、わたし、ようおぼえてへんかったしね。そしたら、帽子持ってね、出て行かはりましたんえ」

レジの女の子は、そういった。

伎和子は、その足で交番に届け出たのだった。交番には、気を失っていた伎和子を最初に見つけたアベックからの通報が先に届いていて、そんなことで、新聞沙汰になったのだと思われる。

その日、友彦と連絡がとれたのは、夜遅くになってからだった。何度電話しても、彼は家に帰ってはいなかったから。

友彦はひどく不機嫌な声で電話口に出たが、一通り事情を説明すると、おどろいて、

「なんでそれ早うしらせてくれんのや。むしゃくしゃして、飲みまわってたんやぞ」

と、怒ったような、しかしほっとしたような口調になり、ふだんの声にもどってくれた。

新聞記事になるなどとは思わなかったので、伎和子も、最初は面くらった。名前こそ『A子さん』と伏せてはあるが、住所や職業などはそのまま載せてあり、伎和子を知っている人間なら、思いつく者がいてもふしぎではなかった。そして案の定、職場でもそれは噂になりはじめた。無論、新聞記事の微妙なニュアンスに尾鰭《おひれ》がついての、それは喧伝だった。

伎和子は、自分に疚《やま》しいところはなかったから、意地にでも平然としてみせていたが、友彦との間に、ごくつまらないことで諍《いさか》いがしばしば起こるようになったのも、その頃からであった。勿論、友彦は、記事のことについて一言も触れはしなかったけれど。

彼の耳にも妙な噂が入っているのだと、見当はついた。だが、伎和子も、釈明などはしなかった。なんとなく二人の仲はしっくり行かず、ある日、まるで些細なことで衝突しあい、もうその口火となった事柄がなんであったかさえ忘れてしまったが、

「そうか。そいじゃ、もうこれまでやな」

と、彼はいった。

「あなたが、そういうのなら、そうしましょ」

と、伎和子もいい返した。

売り言葉に、買い言葉であった。

その日から、友彦とは顔をあわすこともなく、梅雨あけの季節を迎えたのだった。

木下は、河原町の路傍にしゃがみ込んだ伎和子を抱きかかえるようにして、近くの喫茶店へ入った。そして、伎和子が落着くのを待って、友彦の死の模様について話した。

「じつはな、死ぬ前まで、君の話をしてたんや」

「え?」

「そう。僕の部屋にきとったんやけどな、いっしょに飲んでて、なんとなく君の話になったんや。彼は、もう手が切れたってつっぱってたけどな。そやないってことくらい僕にもわかるよ。あのことがあったときにもな、おれが約束の時間守ってたら、なんにも起こらへんかったのにて、ぽつんと洩らしたことがあるんや。出かける前に、だれかに電話をかけててな、

時間とったらしいんやけどな」

「だれかにって？」

「いや、それは聞かへんかったけど。つまらん用事思いついたんやて、いうてたよ。彼、君のほうから折れて出てくるの、待ってたんとちがうかな。まあ、余計な世話やったかもしれへんけどな。そんで、あの晩も、僕のほうからいろいろと焚《た》きつけたんや。男のほうが声かけてやらへんかったら、出したい顔も出せへんやろてな。そんなこんなで、しまいには、彼もひょいっとそんな気になったらしくてな。急に、座を立ったんや。『便所か？』て聞いたら、『そや、便所や』いうて階段おりていくさかいな、ひやかし半分に、僕もあとからついておりたのや。表の公衆電話やな、と思ったからな。案の定、サンダルつっかけて、表へ出た。それが最後やった」

「え？」

「……僕の家の前は、けったいな十字路やさかいね。せまい道やのに、ようとび出してきよるんや」

「じゃ……車？」

「そう。明らかに信号無視やね、車のほうが。走り寄ったときにはもう、彼、口から血へど吐いててな……なにか、僕にいうたんよ。聞きとれたんは、『こいつ。こいつ』という二言だけやったけどな」

「コイツ……？」

と、伎和子は、思わず聞き返した。

「そうや。ちょっと手を宙に持ちあげてな、なにかをつかむみたいな……こう、差し出すみたいなしぐさを、僕のほうへして見せた。そして、『こいつ。こいつ』というたんや。はっきり、そないいうたよ、彼は」

木下は、つづけて、思い返すような口調になっていったのだった。

「ちょっと前にもな、僕は、同じ言葉を聞いたことがあるねん。彼の家で泊った晩やったけどな。夜なかに、ひどううなされてるみたいでな、僕は眼がさめたんや。額に汗びっしょりかいて、しきりになにかいうてるんや。寝言なんや。そのとき、確かに、『こいつ』っていうたんよ。二、三度いうた。それっきりやめたんで、僕も起こさへんかったけど……いまになると、起こして聞いときゃよかったて気がしてな。だって、死ぬ間ぎわに、同じ言葉を聞かされるとは、思わへんかったからな。確かに、なにか、僕にいいたかったんやと思うのや」

木下のそんな話が、再度、伎和子の頭のなかへ鮮明によみがえってきたのは、その日、木下に頼んで焼香に同道してもらい、前野家を訪ねた折のことだった。

「君には、電話かけたんやで。ホテルのほうへ電話したよ、君は席はずしてるていうさかい、帰ってきたら、必ず伝えてくれるようにて、頼んどいたんやけどな」

「聞いてないわ」

「無責任やな。前野が死んだからって、はっきりいうたんやけどな」

そんなやりとりをしながら、伎和子は焼香のあと、友彦の部屋へ案内してもらったのだった。はじめて入る部屋だったが、おそらく生前のままなのだろう。清潔好きだった友彦をしのばせる、きちんとした整頓ぶりだった。

「いいかしら？」

といって、伎和子は、書棚の本を手にとってみたりした。

デパート業務に関係したものや、営業、経営、経済学などという文字のやたらと並んでいる書棚だった。だから、なにげなく手にしたその本は、自然に眼に立ったのかもしれない。背表紙の文字が、なにかその書棚にはそぐわない感じがした。

――日本の美術

という本だった。

贅沢《ぜいたく》なカラー写真で、日本の古い工芸美術の世界をいろいろ紹介している華麗な写真集だった。

ぱらぱらとめくっていて、ふとその手がとまったのは、なかばあたりの一枚が、大きく対角線状に刃物で切り裂かれていたからである。

その頁には、どっしりとした風格のある茶碗が一つ、大写しにして載せられていた。

――光悦《こうえつ》作。白楽茶碗《しろらくちゃわん》。不二山《ふじさん》。（国宝）

と、説明文字が、その下に並んでいた。

伎和子の眼が、一度はなれかけて、不意にその文字の上へひきもどされたのは、《光悦》

という作者名のためだった。

知らない人名だった。

光悦。

なぜこの頁だけが、切り裂かれているのだろうか。

鋭い刃物の切れ跡が、茶碗の肌を無残に斜十文字に裂いていた。

優美な、傲然《ごうぜん》とした、雄大な姿を持つ茶碗だった。

「光悦……」

と、伎和子は、口に出して呟《つぶや》いてみた。

伎和子の胸が、一揺らぎし、とつぜん騒ぎはじめたのは、このときだった。

「コウエツ……コウエツ……」

と、彼女は、くり返し呟いてみた。

そして、やみくもに、声をあげた。

「木下さん。これ。これじゃないの。ほらこれを見て。光悦。コウエツって、彼はいったんじゃないの？」

無論、木下にも、答えることはできなかった。

そんな本が、なぜ友彦の書棚のなかにあったのか、誰にも説明ができなかったのだから。

しかし、伎和子はこのとき、ほとんど確信するように、そう思った。

(『コイツ』ではなく、『コウエツ』なのだ。『光悦』と、彼はいったのだ。なぜだかは、わ

からない。でも、そうなのだ)
伎和子も、木下も、一つの国宝茶碗を切り裂いている鋭い刃物の跡に眼をとめて、しばらく息を殺したのである。
三東伎和子が、本阿弥光悦にとりつかれたのは、この瞬間からであった。

3

(そうでしょ?)と、伎和子は、話しかけた。

(一人の人間が、死ぬ間ぎわに、あなたの名前を呼んだのよ。この世に残す最後の言葉に、あなたの名前を、選んだのよ。あなたがこの世に残した茶碗のなかで、最高作、この上はない絶品といわれる『不二山』を、切り裂いていたあの刃物。あの刃物が、なぜ彼に必要だったのか。それを教えてもらえるまで、あなたのそばを、はなれはしないわ。だって、彼は、きっと一番最初にここを訪ねた筈だから。あなたのそばへ、やってきた筈だから。ね? そうでしょ? きたでしょ?)

伎和子は、ふと顔をあげて、視線を宙にさまよわせた。

(ね? そうなのよね? いるのよね? 友彦さん。あなたは、ここに)

そして伎和子は、その自らの視線にひきずられでもするかのように、寂かに歩き出す。いつもの逍遥がはじまるのだった。

もう何十遍、いや何百遍くり返したかわからない逍遥だった。
その日も、そうだった。彼女は、ふらふらと歩きはじめていた。
ちょうど、そうしたときだった。
彼女を呼ぶ声がした。伎和子は、首を起こして、振り返った。白砂利の遊歩路が鳴ってい
た。走り寄ってくる男は、口辺に淡い霞のような息を吐いていた。
「木下さん……」
「ここやろ思た。休みに君が、家にいたためしがないさかいな。まだ、つづけてんのかい
な」
木下は、しばらく息切れを整えていた。
「でも、よかった。早う知らせようと思てな。伎和子さん。わかった。わかったんや」
彼は、眼をかがやかせて、そういった。
「今朝な、僕はある人間に出会ったんや。街のなかで、ばったりな。お茶の家元の息子なん
や。学友なんや。僕にも、友彦にもな。それでつい、友彦の話をした。『光悦？』って、彼
はちょっとふしぎそうな顔をしてな。そして、いうた。『そういえば、いつか、光悦の不二
山を見ることはできないだろうかって、電話をかけてきたな』って」
「電話？」
「そうなんだよ。そいつの話だとな、本屋で偶然に不二山の写真が載ってるあの本の広告を
見たんやそうな。友彦がやで。それで、びっくりしてこの電話かけてるのやというたんやと。

昔、友彦の亡くなった親父さんが描いた〈富士山〉の山の絵がな、あいつの家にはあったんやそうな。その絵の色の感じがな、あの光悦の不二山にそっくりなんやって。友彦の親父さんてのはな、かなり名の売れた絵描きやったのや。山の絵と、茶碗。姿はまるでちがうけどな、あの茶碗を見た瞬間、親父の絵を思い出したっていうんだそうや。絵はもう売っちゃってないけども、親父の名誉のためにも、不二山の実物が見たいっていうてきたんだって。つまり、色の感じや味わいなんかを、光悦の不二山から盗んだんじゃないかと思ったわけさ。『見たいっていうたって、おいそれと見られる代物じゃないしな』って、家元の息子はいうんだ。個人の秘蔵物だしな、おれだって、本物は見たことない茶碗だよっていうのにやで、『それを、どうしても見たい。見る方法はないかって相談もちかけられて、手こずったことがあるのや』、そういうんだよ」

『あの白は、親父の色だ。あの鋼鉄色の荒々しい暗い地肌も、親父の色だ。親父の芸術の色なんだ。親父が一生追っていた色だ』

前野友彦は、そういう話をしたんだという。

「どうや？　その電話をかけたのが、いつ頃やったと思うかい？」

木下は佐和子の眼を、まっすぐに見た。

「一昨年の五月。そうなんだよ。君とデイトの約束をした、あの日なんだよ。『今からちょっと人に会うんで、長話はできないけど、とにかく頼むよ。また電話するから』って、ずいぶん長話をしたあげくに、いったんやそうや。家元の息子も、その日にまちがいないって、思い出してくれたよ。そうなんだよ。友彦は、その電話のために、君をあんな目にあわせた。電話さえかけなきゃ、あの事件は起こらなかった。そう思ったんだよ。光悦の不二山が、その電話をかけさせた。折も折、君に会いに出かける途中の本屋の店先で、眼に入った。その光悦が、彼には許せなかったんだよ。そういうことを、僕に伝えたかったんだよ。そうだよ。彼は、君をあの事件の被害者にさせた光悦が、許せなかったんだよ……」

柔らかい曙《あけぼのいろ》色に淡くくすんだ人肌の艶味を湛《たた》えてしずもる白釉《はくゆう》を、厳然と支えている暗い時代茶碗の絢爛たる土肌が、眼先へ現われた。

光悦茶碗『不二山』は、白釉の下半身《したはんみ》が焼成焦げをつくってできた、いわば偶然の景色だといわれている。

伎和子は、不意に歩き出した。

雪が散りはじめていた。

彼女の眼はその白い花びらを追っていた。

彼女は、やはりそう思った。

（光悦が、殺した）

動かない思念だった。

鷹ケ峰は、寂かに暗みはじめていた。

藪の中

芥川龍之介

芥川龍之介（あくたがわりゅうのすけ）一八九二年～一九二七年
府立第三中から第一高等学校に進むが、成績優秀で無試験入学だった。一高同期に菊池寛、久米正雄、土屋文明、松岡譲らがいる。一九一三年、東京帝国大学に進学し、菊池や久米らと同人誌「新思潮」を刊行。そこに発表した「鼻」で夏目漱石に認められる。「杜子春」「河童」「歯車」と短編が多い。また、王朝物に「羅生門」「地獄変」「芋粥」などがある。

検非違使《けびいし》に問われたる木樵《きこ》りの物語

さようでございます。あの死骸《しがい》を見つけたのは、わたしに違いございません。わたしは今朝《けさ》いつもの通り、裏山の杉を伐《き》りに参りました。すると山陰《やまかげ》の藪《やぶ》の中に、あの死骸があったのでございます。あった処でございますか？　それは山科《やましな》の駅路からは、四五町程隔たっておりましょう。竹の中に痩《や》せ杉の交《まじ》った、人気《ひとけ》のない所でございます。

死骸は縹《はなだ》の水干《すいかん》に、都風《みやこふう》のさび烏帽子《えぼし》をかぶったまま、仰向《あおむ》けに倒れておりました。何しろ一刀《ひとかたな》とは申すものの、胸もとの突き傷でございますから、死骸のまわりの竹の落葉は、蘇芳《すおう》に滲《し》みたようでございます。いえ、血はもう流れてはおりません。傷口も乾《かわ》いておったようでございます。おまけにそこには、馬蠅《うまばえ》が一匹、わたしの足音も聞えないように、べったり食いついておりましたっけ。

太刀《たち》か何かは見えなかったか？　いえ、何もございません。ただその側《そば》の杉の根がたに、縄《なわ》が一筋落ちておりました。それから、――そうそう、縄のほかにも櫛《くし》が一つございました。死骸のまわりにあったものは、この二つぎりでございます。が、草や竹の落葉は、一面に踏み荒されておりましたから、きっとあの男は殺される前に、余程手痛い働きでも致したのに違いございません。何、馬はいなかったか？　あそこは一体馬なぞには、はいれない所でございます。何しろ馬の通《かよ》う路《みち》とは、藪一つ隔たっておりますから。

検非違使に問われたる旅法師《たびほうし》の物語

あの死骸の男には、確かに昨日遇《きのうあ》っております。昨日の、――さあ、午頃《ひるごろ》でございましょう。場所は関山《せきやま》から山科へ、参ろうと云う途中でございます。あの男は馬に乗った女と一しょに、関山の方へ歩いて参りました。女は牟子《むし》を垂《た》れておりましたから、顔はわたしにはわかりません。見えたのはただ萩重《はぎがさ》ねらしい、衣《きぬ》の色ばかりでございます。馬は月毛《つきげ》の、――確か法師髪《ほうしがみ》の馬のようでございました。丈《たけ》でございますか？　丈は四寸《よき》もございましたか？　――何しろ沙門《しゃもん》の事でございますから、その辺ははっきり存じません。男は、――いえ、太刀《たち》も帯びておれば、弓矢も携《たずさ》えておりました。ことに黒い塗《ぬ》り箙《えびら》へ、二十あまり征矢《そや》をさしたのは、ただ今でもはっきり覚えております。

あの男がかようになろうとは、夢にも思わずにおりましたが、真《まこと》に人間の命なぞは、如露《にょろ》亦如電《やくにょでん》に違いございません。やれやれ、何とも申しようのない、気の毒な事を致しました。

検非違使に問われたる放免《ほうめん》の物語

わたしが搦《から》め取った男でございますか？　これは確かに多襄丸《たじょうまる》と云う、名高い盗人《ぬすびと》でございます。尤《もっと》もわたしが搦《から》め取った時には、馬から落ちたのでございましょう、粟田口《あわたぐち》の石橋《いしばし》の上に、うんうん呻《うな》っておりました。時刻でございますか？　時刻は昨夜《さくや》の初更頃《しょこう》でございます。いつぞやわたしが捉《とら》え損じた時にも、やはりこの紺《こん》の水干《すいかん》に、打出《うちだ》しの太刀《たち》を佩《は》いておりました。ただ今はそのほかにも御覧の通り、弓矢の類さえ携えております。さようでございますか？　あの死骸の男が持っていたのも、――では人殺しを働いたのは、この多襄丸に違いございません。革《かわ》を巻いた弓、黒塗りの箙《えびら》、鷹《たか》の羽《は》の征矢《そや》が十七本、――これは皆、あの男が持っていたものでございましょう。はい。馬もおっしゃる通り、法師髪《ほうしがみ》の月毛《つきげ》でございます。その畜生《ちくしょう》に落されるとは、何かの因縁《いんねん》に違いございません。それは石橋の少し先に、長い端綱《はづな》を引いたまま、路ばたの青芒《あおすすき》を食っておりました。

この多襄丸と云うやつは、洛中《らくちゅう》に徘徊《はいかい》する盗人の中でも、女好きのやつでございます。昨年の秋鳥部寺《とりべでら》の賓頭盧《びんずる》の後《うしろ》の山に、物詣《ものもう》でに来たらしい女房《にょうぼう》が一人、女の童《めわらわ》と一しょに殺されていたのは、こいつの仕業《しわざ》だとか申しておりました。その月毛に乗っていた女も、こいつがあの男を殺したとなれば、どこへどうしたかわかりません。差出《さしで》がましゅうございますが、それも御詮議《ごせんぎ》下さいまし。

検非違使に問われたる媼《おうな》の物語

はい、あの死骸は手前の娘が、片附《かたづ》いた男でございます。が、都のものではございません。若狭《わかさ》の国府《こくふ》の侍でございます。名は金沢《かなざわ》の武弘《たけひろ》、年は二十六歳でございました。いえ、優しい気立《きだて》でございますから、遺恨《いこん》なぞ受ける筈はございません。

娘でございますか？　娘の名は真砂《まさご》、年は十九歳でございます。これは男にも劣らぬくらい、勝気の女でございますが、まだ一度も武弘のほかには、男を持った事はございません。顔は色の浅黒い、左の眼尻《めじり》に黒子《ほくろ》のある、小さい瓜実顔《うりざねがお》でございます。

武弘は昨日娘と一しょに、若狭へ立ったのでございますが、こんな事になりますとは、何と云う因果でございましょう。しかし娘はどうなりましたやら、壻《むこ》の事はあきらめましても、これだけは心配でなりません。どうかこの姥《うば》が一生のお願いでございますから、たとい草木《くさき》を分けましても、娘の行方《ゆくえ》をお尋ね下さいまし。何に致せ憎いのは、その多襄丸《たじょうまる》とか何とか申す、盗人《ぬすびと》のやつでございます。壻ばかりか、娘までも……（跡は泣き入りて言葉なし）

×

×

×

多襄丸の白状

あの男を殺したのはわたしです。しかし女は殺しはしません。ではどこへ行ったのか？　それはわたしにもわからないのです。まあ、お待ちなさい。いくら拷問《ごうもん》にかけられても、知らない事は申されますまい。その上わたしもこうなれば、卑怯《ひきょう》な隠し立てはしないつもりです。

わたしは昨日の午《ひる》少し過ぎ、あの夫婦に出会いました。その時風の吹いた拍子《ひょうし》に、牟子《むし》の垂絹《たれぎぬ》が上がったものですから、ちらりと女の顔が見えたのです。ちらりと、――見えたと思う瞬間には、もう見えなくなったのですが、一つにはその為もあったのでしょう、わたしにはあの女の顔が、女菩薩《にょぼさつ》のように見えたのです。わたしはその咄嗟《とっさ》の間に、たとい男は殺しても、女は奪おうと決心しました。

何、男を殺すなぞは、あなた方の思っているように、大した事ではありません。どうせ女を奪《うば》うとなれば、必《かならず》、男は殺されるのです。ただわたしは殺す時に、腰の太刀《たち》を使うのですが、あなた方は太刀は使わない、ただ権力で殺す、金で殺す、どうかするとお為ごかしの言葉だけでも殺すでしょう。成程血は流れない、男は立派に生きている、――しかしそれでも殺したのです。罪の深さを考えてみれば、あなた方が悪いか、わたしが悪いか、どちらが悪いかわかりません。（皮肉なる微笑）

しかし男を殺さずとも、女を奪う事が出来れば、別に不足はないわけです。いや、その時の心もちでは、出来るだけ男を殺さずに、女を奪おうと決心したのです。が、あの山科の駅路《えきろ》では、とてもそんな事は出来ません。そこでわたしは山の中へ、あの夫婦をつれこむ工夫をしました。

これも造作はありません。わたしはあの夫婦と途《みち》づれになると、向うの山には古塚《ふるづか》がある、この古塚を発《あば》いてみたら、鏡や太刀が沢山出た、わたしは誰も知らないように、山の陰の藪の中へ、そう云う物を埋《うず》めてある、もし望み手があるならば、どれでも安い値に売り渡したい、――と云う話をしたのです。男はいつかわたしの話に、だんだん心を動かし始めました。それから、――どうです。欲と云うものは恐ろしいではありませんか？　それから半時《はんとき》もたたないうちに、あの夫婦はわたしと一しょに、山路《やまみち》へ馬を向けていたのです。

わたしは藪の前へ来ると、宝はこの中に埋めてある、見に来てくれと云いました。男は欲に渇《かわ》いていますから、異存のある筈はありません。が、女は馬も下りずに、待っていると云うのです。又あの藪の茂っているのを見ては、そう云うのも無理はありますまい。わたしはこれも実を云えば、思う壺《つぼ》にはまったのですから、女一人を残したまま、男と藪の中へはいりました。

藪は少時《しばらく》の間は竹ばかりです。が、半町《はんちょう》程行った処に、やや開いた杉むらがある、――わたしの仕事を仕遂げるのには、これ程都合《つごう》の好《い》い場所はありません。わたしは藪を押し分けながら、宝は杉の下に埋めてあると、尤もらしい嘘《うそ》をつきました。男はわたしにそう云われると、もう痩せ杉が透いて見える方へ、一生懸命に進んで行きます。そのうちに竹が疎《まば》らになると、何本も杉が並んでいる、――わたしはそこへ来るが早いか、いきなり相手を組み伏せました。男も太刀を佩《は》いているだけに、力は相当にあったようですが、不意を打たれてはたまりません。忽ち一本の杉の根がたへ、括《くく》りつけられてしまいました。縄ですか？　縄は盗人の有難《ありがた》さに、いつ塀《へい》を越えるかわかりませんから、ちゃんと腰につけていたのです。勿論《もちろん》声を出させない為にも、竹の落葉を頬張《ほおば》らせれば、ほかに面倒はありません。

わたしは男を片附けてしまうと、今度は又女の所へ、男が急病を起したらしいから、見に来てくれと云いに行きました。これも図星に当ったのは、申し上げるまでもありますまい。女は市女笠《いちめがさ》を脱いだまま、わたしに手をとられながら、藪の奥へはいって来ました。ところがそこへ来てみると、男は杉の根に縛られている、――女はそれを一目見るなり、いつの間に懐《ふところ》から出していたか、きらりと小刀《さすが》を引き抜きました。わたしはまだ今までに、あのくらい気性の烈《はげ》しい女は、一人も見た事がありません。もしその時でも油断していたらば、一突きに脾腹《ひばら》を突かれたでしょう。いや、それは身を躱《かわ》した所が、無二無三《むにむざん》に斬《き》り立てられるうちには、どんな怪我《けが》も仕兼《しか》ねなかったのです。が、わたしも多襄丸ですから、どうにかこうにか太刀も抜かずに、とうとう小刀《さすが》を打ち落しました。いくら気の勝った女でも、得物がなければ仕方がありません。わたしはとうとう思い通り、男の命は取らずとも、女を手に入れる事は出来たのです。

男の命は取らずとも、――そうです。わたしはその上にも、男を殺すつもりはなかったのです。ところが泣き伏した女を後《あと》に、藪の外へ逃げようとすると、女は突然わたしの腕へ、気違いのように縋《すが》りつきました。しかも切れ切《ぎ》れに叫ぶのを聞けば、あなたが死ぬか夫が死ぬか、どちらか一人死んでくれ、二人の男に恥を見せるのは、死ぬよりもつらいと云うのです。いや、その内どちらにしろ、生き残った男につれ添いたい、――そうも喘《あえ》ぎ喘ぎ云うのです。わたしはその時猛然と、男を殺したい気になりました。（陰鬱《いんうつ》なる興奮）

こんな事を申し上げると、きっとわたしはあなた方より残酷な人間に見えるでしょう。しかしそれはあなた方が、あの女の顔を見ないからです。殊にその一瞬間の、燃えるような瞳《ひとみ》を見ないからです。わたしは女と眼を合せた時、たとい神鳴《かみなり》に打ち殺されても、この女を妻にしたいと思いました。妻にしたい、――わたしの念頭にあったのは、ただこう云う一事だけです。これはあなた方の思うように、卑しい色欲ではありません。もしその時色欲のほかに、何も望みがなかったとすれば、わたしは女を蹴倒《けたお》しても、きっと逃げてしまったでしょう。男もそうすればわたしの太刀に、血を塗る事にはならなかったのです。が、薄暗い藪の中に、じっと女の顔を見た刹那《せつな》、わたしは男を殺さない限り、ここは去るまいと覚悟しました。

しかし男を殺すにしても、卑怯《ひきょう》な殺し方はしたくありません。わたしは男の縄を解いた上、太刀打ちをしろと云いました。（杉の根がたに落ちていたのは、その時捨て忘れた縄なのです。）男は血相を変えたまま、太い太刀を引き抜きました。と思うと口も利《き》かずに、憤然とわたしへ飛びかかりました。――その太刀打ちがどうなったかは、申し上げるまでもありますまい。わたしの太刀は二十三合目《ごうめ》に、相手の胸を貫きました。二十三合目に、――どうかそれを忘れずに下さい。わたしは今でもこの事だけは、感心だと思っているのです。わたしと二十合斬り結んだものは、天下にあの男一人だけですから。（快活なる微笑）

わたしは男が倒れると同時に、血に染まった刀を下げたなり、女の方を振り返りました。すると、――どうです、あの女はどこにもいないではありませんか？　わたしは女がどちらへ逃げたか、杉むらの間を探してみました。が、竹の落葉の上には、それらしい跡も残っていません。又耳を澄ませてみても、聞えるのはただ男の喉《のど》に、断末魔の音がするだけです。

事によるとあの女は、わたしが太刀打ちを始めるが早いか、人の助けでも呼ぶ為に、藪をくぐって逃げたのかも知れない。――わたしはそう考えると、今度はわたしの命ですから、太刀や弓矢を奪ったなり、すぐに又もとの山路へ出ました。そこにはまだ女の馬が、静かに草を食っています。その後の事は申し上げるだけ、無用の口数《くちかず》に過ぎますまい。ただ、都へはいる前に、太刀だけはもう手放していました。――わたしの白状はこれだけです。どうせ一度は樗《おうち》の梢《こずえ》に、懸《かけ》る首と思っていますから、どうか極刑《ごっけい》に遇わせて下さい。（昂然《こうぜん》たる態度）

清水寺《きよみずでら》に来れる女の懺悔《ざんげ》

――その紺の水干《すいかん》を着た男は、わたしを手ごめにしてしまうと、縛られた夫を眺めながら、嘲《あざけ》るように笑いました。夫はどんなに無念だったでしょう。が、いくら身悶《みもだ》えをしても、体《からだ》中《じゅう》にかかった縄目は、一層ひしひしと食い入るだけです。わたしは思わず夫の側《そば》へ、転《ころ》ぶように走り寄りました。いえ、走り寄ろうとしたのです。しかし男は咄嗟《とっさ》の間に、わたしをそこへ蹴倒しました。ちょうどその途端です。わたしは夫の眼の中に、何とも云いようのない輝きが、宿っているのを覚《さと》りました。何とも云いようのない、――わたしはあの眼を思い出すと、今でも身震いが出ずにはいられません。口さえ一言《いちごん》も利《き》けない夫は、その刹那《せつな》の眼の中に、一切の心を伝えたのです。しかしそこに閃《ひらめ》いていたのは、怒りでもなければ悲しみでもない、――ただわたしを蔑《さげす》んだ、冷たい光だったではありませんか？　わたしは男に蹴られたよりも、その眼の色に打たれたように、我知らず何か叫んだぎり、とうとう気を失ってしまいました。

そのうちにやっと気がついてみると、あの紺の水干の男は、もうどこかへ行っていました。跡にはただ杉の根がたに、夫が縛られているだけです。わたしは竹の落葉の上に、やっと体を起したなり、夫の顔を見守りました。が、夫の眼の色は、少しもさっきと変りません。やはり冷たい蔑みの底に、憎しみの色を見せているのです。恥しさ、悲しさ、腹立たしさ、――その時のわたしの心のうちは、なんと云えば好《よ》いかわかりません。わたしはよろよろ立ち上がりながら、夫の側へ近寄りました。

「あなた。もうこうなった上は、あなたと御一しょにはおられません。わたしは一思いに死ぬ覚悟です。しかし、――しかしあなたもお死になすって下さい。あなたはわたしの恥を御覧になりました。わたしはこのままあなた一人、お残し申すわけには参りません。」

わたしは一生懸命に、これだけの事を云いました。それでも夫は忌《いま》わしそうに、わたしを見つめているばかりなのです。わたしは裂けそうな胸を抑《おさ》えながら、夫の太刀を探しました。が、あの盗人に奪われたのでしょう、太刀は勿論弓矢さえも、藪の中には見当りません。しかし幸い小刀《さすが》だけは、わたしの足もとに落ちているのです。わたしはその小刀《さすが》を振り上げると、もう一度夫にこう云いました。

「ではお命を頂かせて下さい。わたしもすぐにお供します。」

夫はこの言葉を聞いた時、やっと唇《くちびる》を動かしました。勿論口には笹の落葉が、一ぱいにつまっていますから、声は少しも聞えません。が、わたしはそれを見ると、忽ちその言葉を覚りました。夫はわたしを蔑んだまま、「殺せ。」と一言《ひとこと》云ったのです。わたしは殆《ほとん》ど、夢うつつのうちに、夫の縹《はなだ》の水干の胸へ、ずぶりと小刀《さすが》を刺し通しました。

わたしは又この時も、気を失ってしまったのでしょう。やっとあたりを見まわした時には、夫はもう縛られたまま、とうに息が絶えていました。その蒼《あお》ざめた顔の上には、竹に交った杉むらの空から、西日が一すじ落ちているのです。わたしは泣き声を呑みながら、死骸の縄を解き捨てました。そうして、――そうしてわたしがどうなったか？　それだけはもうわたしには、申し上げる力もありません。とにかくわたしはどうしても、死に切る力がなかったのです。小刀《さすが》を喉に突き立てたり、山の裾《すそ》の池へ身を投げたり、いろいろな事もしてみましたが、死に切れずにこうしている限り、これも自慢にはなりますまい。（寂しき微笑）わたしのように腑甲斐《ふがい》ないものは、大慈大悲の観世音菩薩《かんぜおんぼさつ》も、お見放しなすったものかも知れません。しかし夫を殺したわたしは、盗人の手ごめに遇ったわたしは、一体どうすれば好《よ》いのでしょう？　一体わたしは、――わたしは、――（突然烈しき歔欷《すすりなき》）

巫女《みこ》の口を借りたる死霊の物語

――盗人は妻を手ごめにすると、そこへ腰を下したまま、いろいろ妻を慰め出した。おれは勿論口は利けない。体も杉の根に縛られている。が、おれはその間に、何度も妻へ目くばせをした。この男の云う事を真《ま》に受けるな、何を云っても嘘と思え、――おれはそんな意味を伝えたいと思った。しかし妻は悄然《しょうぜん》と笹の落葉に坐ったなり、じっと膝《ひざ》へ目をやっている。それがどうも盗人の言葉に、聞き入っているように見えるではないか？　おれは妬《ねたま》しさに身悶えをした。が、盗人はそれからそれへと、巧妙に話を進めている。一度でも肌身《はだみ》を汚したとなれば、夫との仲も折り合うまい。そんな夫に連れ添っているより、自分の妻になる気はないか？　自分はいとしいと思えばこそ、大それた真似《まね》も働いたのだ、――盗人はとうとう大胆にも、そう云う話さえ持ち出した。

盗人にこう云われると、妻はうっとりと顔を擡《もた》げた。おれはまだあの時程、美しい妻を見た事がない。しかしその美しい妻は、現在縛られたおれを前に、何と盗人に返事をしたか？　おれは中有《ちゅうう》に迷っていても、妻の返事を思い出す毎に、嗔恚《しんい》に燃えなかったためしはない。妻は確かにこう云った、――「ではどこへでもつれて行って下さい。」（長き沈黙）

妻の罪はそれだけではない。それだけならばこの闇《やみ》の中に、いま程おれも苦しみはしまい。しかし妻は夢のように、盗人に手をとられながら、藪の外へ行こうとすると、忽ち顔色《がんしょく》を失ったなり、杉の根のおれを指さした。「あの人を殺して下さい。わたしはあの人が生きていては、あなたと一しょにはいられません。」――妻は気が狂ったように、何度もこう叫び立てた。「あの人を殺して下さい。」――この言葉は嵐《あらし》のように、今でも遠い闇の底へ、まっ逆様《さかさま》におれを吹き落そうとする。一度でもこのくらい憎むべき言葉が、人間の口を出た事があろうか？　一度でもこのくらい呪《のろ》わしい言葉が、人間の耳に触れた事があろうか？　一度でもこのくらい、――（突然迸《ほとばし》るごとき嘲笑《ちょうしょう》）その言葉を聞いた時は、盗人さえ色を失ってしまった。「あの人を殺して下さい。」――妻はそう叫びながら、盗人の腕に縋っている。盗人はじっと妻を見たまま、殺すとも殺さぬとも返事をしない。――と思うか思わないうちに、妻は竹の落葉の上へ、ただ一蹴《ひとけ》りに蹴倒された、（再迸《ふたたび》るごとき嘲笑）盗人は静かに両腕を組むと、おれの姿へ眼をやった。「あの女はどうするつもりだ？　殺すか、それとも助けてやるか？　返事はただ頷《うなず》けば好《よ》い。殺すか？」――おれはこの言葉だけでも、盗人の罪は赦《ゆる》してやりたい。（再、長き沈黙）

妻はおれがためらううちに、何か一声《ひとこえ》叫ぶが早いか、忽ち藪の奥へ走り出した。盗人も咄嗟に飛びかかったが、これは袖さえ捉《とら》えなかったらしい。おれはただ幻のように、そう云う景色《けしき》を眺めていた。

盗人は妻が逃げ去った後、太刀や弓矢を取り上げると、一ヵ所だけおれの縄を切った。「今度はおれの身の上だ。」――おれは盗人が藪の外へ、姿を隠してしまう時に、こう呟《つぶや》いたのを覚えている。その跡はどこも静かだった。いや、まだ誰かの泣く声がする。おれは縄を解きながら、じっと耳を澄ませてみた。が、その声も気がついてみれば、おれ自身の泣いている声だったではないか？（三度《みたび》、長き沈黙）

おれはやっと杉の根から、疲れ果てた体を起した。おれの前には妻が落した、小刀《さすが》が一つ光っている。おれはそれを手にとると、一突きにおれの胸へ刺した。何か腥《なまぐさ》い塊《かたまり》がおれの口へこみ上げて来る。が、苦しみは少しもない。ただ胸が冷たくなると、一層あたりがしんとしてしまった。ああ、何と云う静かさだろう。この山陰の藪の空には、小鳥一羽囀《さえず》りに来ない。ただ杉や竹の杪《うら》に、寂しい日影が漂っている。日影が、――それも次第に薄れて来る。

――もう杉や竹も見えない。おれはそこに倒れたまま、深い静かさに包まれている。

その時誰か忍び足に、おれの側《そば》へ来たものがある。おれはそちらを見ようとした。が、おれのまわりには、いつか薄闇《うすやみ》が立ちこめている。誰か、――その誰かは見えない手に、そっと胸の小刀《さすが》を抜いた。同時におれの口の中には、もう一度血潮が溢《あふ》れて来る。おれはそれぎり永久に、中有《ちゅうう》の闇へ沈んでしまった。……

決して忘れられない夜

岸田るり子

岸田るり子（きしだるりこ）一九六一年〜

二〇〇四年、『密室の鎮魂歌』で鮎川哲也賞を受賞してデビュー。京都生まれの京都在住で、受賞作や次作『出口のない部屋』の舞台は京都だった。さらに、『天使の眠り』や『Ｆの悲劇』と京都にかかわる長編が。また、パリ在住も長く、短編集に『パリ症候群　愛と殺人のレシピ』。ほかに『天使の眠り』、『めぐり合い』、『白椿はなぜ散った』など。

何事にも終わりはある。それを察するタイミングがほんの少し悪かったこと、そのことであなたをいらだたせてしまったことは認めるわ。小さな失敗、些細《ささい》な感情の行き違い、それがこんなふうに取り返しのつかないことになるなんて、予想もしないことだった。だからって、あなたにいつまでも未練を残すのだけは避けたい。そんなことしたって惨めになるだけだし、あなただって迷惑でしょう？

今日、私はそうした失敗をすべて挽回し、潔《いさぎよ》くあなたと別れるつもりでここへ来たの。これ以上尾を引くようなことは絶対にしないから安心してちょうだい。

彼の部屋の前に立つと、もう一度、今日ですべては終わりなのだと心の中で私はかたく誓った。右手に提げた紙袋とバスケットをいったん地べたに置くと鞄の内ポケットのジッパーを開けて鍵を取り出した。名残《なごり》惜しいけれど、この鍵とも今日でお別れね。

あなたの望みどおりの料理を作り、それを最後の晩餐《ばんさん》のひとときとして私の心に刻む。いや、そうじゃない。私の心にではなく、あなたの心に刻むの。そのために、講習料の高い料理教室へ一ヵ月間も通ったのですもの。すべてはあなたの望みをかなえ、私のことを決して忘れさせない、そんな夜にするために。そして、私は郷里の新潟へ帰ってもう一度人生をやり直すことにしたの。

部屋に入ると、ソファの上でクロミが後足を奔放《ほんぽう》に投げ出して毛繕《けづくろ》いをしていた。クロミは彼の飼い猫で、その名の通りつややかな黒い毛並みが際立っている。当人もそれが自慢らしく、まるで私への当てつけみたいに始終あのざらざらした気味の悪い舌で自分の毛をなめ回しているのだ。

こちらの気配に感づくと、そのままの姿勢で食い入るようにこちらを見つめた。めいっぱい見開かれた目にこの種の動物特有のどう猛な光が宿っている。

クロミはこちらの出方をうかがいながら硬直している。一歩足を前に踏み出すと、くるりと立ち上がり、毛を逆立てて、「ふーっ!」と激しく威嚇した。

いつものことながら、あなたの溺愛《できあい》するこの猫ときたら、本当にかわいくない。まるで私が恋敵《こいがたき》みたいな態度じゃないの。猫がライバルだなんて情けないけれど、負けを認めざるをえないわね。感情的になってどうするの。よけい惨めになるだけじゃない。

それにしても、こちらを見るときの斜交《はすか》いで敵意に満ちたあの目つきときたら、京女でもこんなイヤミな顔をする人がいるかしら。おかげで私はこの土地の人間だけじゃなくて、猫まで嫌いになってしまったのよ。

クロミはソファの後ろにある本棚のてっぺんにぽんとジャンプして、そこにあるダンボール箱を器用に前足で開けると中に入った。飼い主の彼に言わせると、お客が来た時は、いつもあの箱の中に逃げ込むらしい。そして、箱の中で辛抱強く息を潜《ひそ》めて、客が帰るのを待っているのだ。再びあなたを独占できるまでの数時間、嫉妬《しっと》の念を圧し殺しながら。

あなたに対する未練はともかく、今日でこの生意気な動物ともお別れなのだと思うと、せいせいするわ。

私はさっそくキッチンへ向かった。買ってきたタイム、ロリエ、ローズマリーなど、肉料理を美味しくするハーブ、それにニンニクを袋から取り出すとまな板の上に並べた。

ほら、これは、料理教室のシェフが懇意にしているという農場でとれた、タマネギ、にんじん、ズッキーニ、マッシュルーム、トマトなのよ。わざわざ早起きして仕入れてきた、この野菜と一緒に、大きめに切った肉を長時間煮込む。

どう？　これだけの材料を使えば、食べることにちょっとうるさいあなたでも、満足してくれるでしょう？　なんといっても材料が特別なんですもの。

あなたは言っていたわね。

——雪国育ちの君にこんなことを言うのもなんだけど、最近、南国の香りが妙に恋しくなってね。南の地方の料理みたいなもの、君には作れないよね。

もう、雪国の女には飽きた、そういいたかったのよね。そういう京都人特有の遠回しな言い方がやっと分かるようになったわ。はっきり言ってくれた方がまだ誠意ってものが感じられるのに、意地の悪い人。でも、その言葉を口にした時のあなたのあのばつの悪そうな目つき。それが、どうしても憎めなかったから、だから決心したのよ。

何をですって？　あなたが望む料理を作り、今日こそ、あなたの期待に応えてあげること。そして、私はきれいに退く。

そう決心できた自分の勇気を褒めてやりたくなり、私はほくそ笑んだ。

さて、まずタマネギの皮をむきましょう。

薄茶色の皮をパラッとはがすと、つるりとした肌がでてきた。異様に気分が高揚し、私は自然と鼻歌を歌っていた。

＊

家の扉を開けると、もわっとしめった空気と焦げたニンニクの匂いが漂ってきた。台所の方からなにやら鼻歌が聞こえてくる。

僕は、このままそっと扉を閉めて、どこかへ行ってしまいたい心境になった。

だが、どうして、自分の家から逃げなくてはいけないのだ？　そう思い直して、靴を脱ぐと部屋に入った。

灯りのもれる台所の戸をそっと押し開けると、アルコールを含んだ蒸気の中で城子《しろこ》がこちらを振り向いて「お帰りなさい」とにっこり笑った。

「あなたの好きな南仏料理を作ったのよ。ほら、この間言ってたでしょう？　南の地方の料理が食べたいって。だからこの一カ月、密かにお料理教室へ通っていたの」

彼女はオーブンにかけた鍋をのぞき込みながら弾んだ声で言った。

ああ、そういえばそうだった。僕は、彼女と別れる言い訳に南の地方の話まで持ち出したことを思い出し、自分の失言を悔いた。

一カ月前のことだった。お店から帰ってみると、別れたはずの彼女が勝手にここへ押しかけて来て、例によって掃除をしていた。

僕はソファに座るといらだちを抑えて、足にまとわりつく飼い猫のクロミを膝の上に乗せた。指で首のあたりを摩《さす》ってやると、クロミは仰向けに転がってじゃれつき、僕の手を軽く噛んだ。痛いようなくすぐったいようななんともいえない感触だ。僕はクロミと戯れているうちに少し落ち着きを取り戻した。

彼女はしばらく僕とクロミの様子を見ながらじっと黙り込んでいた。

「ねえ、お総菜も買ってきたから一緒に食べましょうよ」とたどたどしく、しかしその実押しつけがましさを底に含んだ口調で言った。

クロミが優雅に僕の膝《ひざ》で欠伸《あくび》をした。「ニャーオ」と切ない声で一鳴きすると、つややかな黒いヘアをうねらせて背中を反りかえし思い切り伸びをした。

「クロミ」

彼女が甘ったるい声で呼ぶと、クロミは全身の毛を逆立てて「ふーっ！」とひとふきして、僕の膝をバネに大きなジャンプで、一気に高い棚の上に駆け上り、ダンボール箱に逃げた。

――そうだ、クロミ、こんな女にさわられるくらいなら逃げるのが正解だ。

猫にそう語りかけながらも、僕は手持ちぶさたになり、再び、彼女に対する怒りがこみ上げてきた。

「何しに来たんだ。もう君とは別れたはずだ」

「……」

城子は、ぽかんと口を開けて、まるで意味が分からないという顔をした。無邪気を装っているが、その実、なんともしぶとい女なのだ。


彼女、高木城子が店のスタッフとして入社してきたのは半年前のことだった。

僕は京都の町中で美容師の仕事をしていた。町屋を改造したヘアサロンは、オープン当時、まだ目新しかったおかげで、店はそこそこ繁盛していた。そこで指名してもらえる回数が一番多いのは僕だったから、町屋のカリスマ美容師として何度か京都を紹介する雑誌に取り上げてもらったこともある。

城子は、取りたてて美人ではないが、透き通るような白くてきめ細かい肌は男性スタッフたちの目をひいた。無口で控えめなので、それ以外の印象はどちらかというと薄かった。

短い期間とはいえ僕が城子と深い関係になったのは、彼女の人間離れした透明感のある肌に魅せられてしまったからだ。

今から思えば、絵里子《えりこ》に振られたことも大きな原因だったのかもしれない。

僕は、学生時代からつきあっていた女に突然別れを告げられた。彼女は僕より十歳年上の男を好きになったと打ち明けた。

「あなたには何かが欠けている。決定的な何かがね」

映画を見た後、居酒屋で彼女に突然そう切り出された時、僕はただ眉間にしわを寄せただけだった。

「分からない？」

彼女の思わせぶりな言い方が気にくわなくて、僕は、黙って、湯葉巻揚げをパクついた。

「人間の深みと包容力よ」

「深み……包容力？　なんだよそれ」

「あなたみたいな自己中心的な人には何も当てにできないってこと。彼にだったら頼れるの。それに、知的な会話だってできるしね」

絵里子はこれ見よがしに言った。

確かに、僕は、絵里子に対してわがまま放題だった。仕事の都合で待ち合わせに遅刻することもあったし、それで謝ったことは一度もない。

客にきめ細かいサービスをしている分、彼女に甘えっぱなしになっていたことは事実だ。しかし、仕事のせいなんだから仕方がないではないか。

包容力がない？　笑わせないでくれ。絵里子は惰性になった僕らの関係にちょっとしたカンフル剤が打ちたくてそんなことを言っているのだ。そう思って僕は彼女の言葉を軽く聞き流した。

ところが絵里子は本当にその十歳年上の男と結婚してしまったのだ。まさか彼女の方から僕に別れを告げるとは夢にも思っていなかった。

僕は自分の思いやりのなさを後悔し、半年くらい彼女が僕の元へ戻ってくることを夢想した。

そんな時、ふと僕の視線の中に入ってきたのが入社してきたばかりの高木城子の白い首筋と少し赤みを帯びた茶色い瞳だった。

城子はこのお店のホームページの「スタッフ募集」の欄を見てわざわざ新潟から来たのだという。いまいちあか抜けない女だったが、経営者が彼女を採用することに決めたのは、面接の時、どうしてもこの店で働きたいというひたむきな態度が今時の若い子にしては珍しかったから、らしい。

失恋の傷を癒《いや》すのにちょうどいい相手、そんな計算も働いて、店が終わってから、二人きりになるのを狙って、さりげなく彼女に話しかけてみた。

そんなことを何度か繰り返しているうちに、なかなか京都の空気になじめない、自分の軽い訛《なま》りが気になってどうしても口数が少なくなってしまうと、僕に悩みを打ち明けるようになった。話すのが下手でも黙々と仕事をこなしてさえいれば、それで十分だからと僕は彼女を慰めた。

そこそこ親しくなったある夕方、食事に誘うと彼女は喜んでついてきた。

初めて、僕の部屋で彼女の裸を見たとき、胸が小さいことに少し落胆したが、暗闇でライトに照らされていっそう白さを増した肌の美しさに目を見張った。

愛撫すると、まるで絹にふれているようななめらかさがあり、白粉《おしろい》を体全体に振りかけているのではないかと見まごうほどだったが、それは、紛れもなく素肌だった。しかも、まるで軟体動物みたいに全身の骨が柔らかくて細い。骨格が存在していないかのようなのだ。

僕は、自分のオスとしての本能が奮い立つのを感じた。それからしばらく、彼女の肉体の不思議な感触に酔いしれた。

ある日、彼女を抱いた直後、ぐったりとしたまま仰向けになり、目を閉じた僕の耳元で彼女は囁いた。

「私の名前、変わっているでしょう、城子だなんて。何に由来していると思う？」

「お城のお姫様という意味？」

僕は適当に答えた。

「漢字に意味はないのよ。発音に由来しているの」

そう言うと、ふふふ、と謎めいた笑い声を立てた。

「発音からって、どういう意味？」

「城子、つまり、しろこ……」

城子はそう言いながら空中に人差し指で文字を書き始めた。白という字と子を指がなぞっていく。

「……白子、つまり、白い子の意味？」

「そうよ。母はね、生まれた私を見て、真っ先に、なんて白い子なのって思ったの。だから白子《しろこ》ってつけたかったんですって」

「その漢字だと、白子《しらこ》って読むから、魚の精巣をイメージしてしまうな」

「残念ながらそうなの。だから、お城の漢字をとって、城子と父が付けてくれたの」と声を弾ませて言った。

そんな奇妙な由来を打ち明けてまで彼女が自分の色白を自慢するのは、僕がその部分を殊に気に入っているのを知っているからだろう。

城子は性格的にはきわめて従順で、僕の好きなものはなんでも好きになる女だった。僕がショパンが好きだと知るとショパンのCDを買って来て一緒に聞こうとする。こちらの言う通りの色を着て、好みの映画を一緒に見てくれる。マンションの鍵を渡しておくと、留守の間に時々掃除もしてくれた。

家庭的な女を見つけられてラッキーだった。そう思い、絵里子に振られた屈辱から、僕はにわかに男としてのプライドを取り戻したのだった。

ところが、肉体関係を重ねるようになって二、三カ月もすると彼女はただ大人しいだけの女ではないことが分かった。

ある日、常連のお客さんの毛質の悩みに相づちを打ちながら、ふと鏡を見た拍子に、こちらをじっと見つめる彼女の視線とぶつかった。僕はその執拗な目つきにどきりとした。僕は、客の髪をかき分けながら再び営業スマイルに戻ったが、僕の背中に彼女のあの赤茶色の瞳から放たれる視線が張り付いているのを感じた。

他のスタッフに彼女との関係を気づかれるのではないかと冷や汗が出てきた。

ごくたまに見つめられるだけならいいが、その頻度は日に日に増していった。しまいには、僕が他のスタッフの女の子と話しているだけで恨めしそうな顔をしたり、話の間に割って入ってきたりするようになった。普段、店で殆《ほとん》ど話さない彼女が、突然、僕の前に立ちはだかって話し始めるので、その不自然さに周囲は眉をひそめた。

それでも、僕は城子のなめらかな肌の感触にのめり込んでいたので、彼女との関係をやめられなかった。それが、彼女の立場を優位にしていることにいらだちを感じつつも。

ひそひそと僕らの陰口を囁《ささや》く者がではじめ、そのことが上の耳にも入った。ついに経営者に呼び出された時は、指名ナンバーワンの僕がクビになることはないだろうと半分開き直っていた。案の定、店の雰囲気が悪くなるから慎むようにとだけ注意された。

経営者は山科《やましな》に二店舗目をオープンしたばかりだったので、城子はそちらへ回されることになった。

仕事場が別になり、うまく城子との距離を置けるようになった。ある夜、僕は、時々言葉を交わす間柄になっていた向かいの民芸品店で働く榊田《さかきだ》陽子《ようこ》を誘って飲みに行った。

陽子は福岡生まれの大阪育ちで、やはり京都が好きだったので、和ものの店に就職したのだと言った。城子とは違い、南国の熱い雰囲気があり、都会的でさばさばした性格だった。

木屋町《きやちょう》にあるショットバーで彼女と飲んでいるうちに意気投合し、映画の話や音楽の話で盛り上がった。

会話が途切れた一瞬、首筋に嫌な気配を感じて、振り返った。すると、なんとも信じがたい光景がそこにあった。城子が向こうのテーブルで、一人ワインを飲みながら恨めしそうな目つきでこちらを見ているのだ。

僕たちは尾《つ》けられていたのだ。驚きのあまり持っていたバーボンのロックを落としそうになった。陽子を急《せ》かして慌《あわ》ててそこを出たが、のど元に城子のあの視線の棘《とげ》が刺さったままのような気がして、次の店では、会話はまったくはずまなくなった。しらけた雰囲気から脱出できず、陽子とは阪急電車の駅で別れた。

それ以来何処《どこ》にいても彼女に見張られているような気がして落ち着かなかった。城子の狭苦しい頭の中に僕という存在がぎちぎちに詰まっていて、彼女の脳みそに自分が押し潰されていく不気味なイメージが頭から離れなくなった。

なんとしても彼女と別れなければ。

僕は決心した。この部屋でクロミを抱き上げながらいつものように押しかけてきた彼女に言った。

「今日で終わりにしてくれ。別れよう」と。

ところが彼女はそれからも懲りずに合鍵で僕の部屋に勝手に入ってきて掃除をし、総菜を持ってきてテーブルに並べた。

「一緒に食事をして」

「君とはもう別れたんだ。勝手に入ってくるのはやめてくれ。鍵を返してくれ」

「最後に一緒に食事をしてくれたら返すわ」

「お総菜なんか食べる気にならない。雪国育ちの君にこんなことを言うのもなんだけど、最近、南国の香りが妙に恋しくなってね。たとえば南の地方の料理みたいなもの、君には作れないよね」

そう言いながら、僕はクロミを抱き上げた。

クロミは飼い主の気持ちを理解したのかしていないのか、僕の耳元に鼻先を擦りつけながらゴロゴロと喉を鳴らしている。しばらくそうやって抱かれていたが、絨毯《じゅうたん》の上に降ろしてやると窓際の方に歩いていった。カーテンに身体を絡ませてひとしきり遊んでから、ピンとしっぽを上向けに立てて、ソファを背中で一撫でするると、いつものように棚の上へ消えていった。程よく甘え、程よくそっぽを向く。まるでこちらの気持ちをもてあそんでいるようだ。こんな人間の女がいたらさぞかし夢中になるだろう。

彼女は憎らしそうにじっとクロミを見上げながら繰り返した。

「南の地方の料理……」

「そう、今の僕に必要なのは、太陽光が降り注ぐからっとした空気なんだ」

これぐらい言ってやらなければ分からない女だ。さすがに僕のこの言葉に傷ついたのだろう。それから一ヵ月間、彼女は姿を現さなくなった。

確かに僕は南の地方の料理が食べたい、そんなふうなことを言った。もちろん、本心ではない。もう、僕につきまとうのはやめて欲しいという思いを込めて言ったまでのことだ。遠回しに言ったあの言葉が気にさわってくれたのだと内心ほっとしていたというのに。まさか、その間に料理教室に通っていたとは夢にも思わなかった。

僕は台所で勝手に料理を作る彼女を睨《にら》んだ。おたまで鍋をかき回している横顔は真剣そのものだ。彼女が作ったものなど和食でも南仏料理でも、同じことだ。要するに食べたくないのだ。なのにそんなことはお構いなしだ。

だいたい、南仏料理だって、笑わせないで欲しい。

「君、南仏ってどこにあるのか知ってるか？」

「フランスの南でしょう？」

「もちろんそうだけど、フランスは緯度が日本より北になるんだぜ。南仏だって、ここより北さ。だから君がつくっているのは南の地方の料理でもなんでもないんだよ」

「緯度なんかどうでもいいじゃないの。南仏っていうのだから、フランスの南に違いないのだから」

彼女はそう言い張った。僕は、やり場のない怒りをこらえながら努めて冷静に言った。

「僕は何も南の地方の料理が食べたいと言ったわけじゃないんだ。君はなにか誤解している」

「あなたの言いたいことは分かってる。私誤解なんかしていないわよ」

彼女は自信満々で答えた。何も分かっていないくせに。僕は深いため息をもらしたが、気分は治まらない。

「じゃあ、この部屋の鍵を返してくれ」

「分かってるわよ。もう少しだけまってってたら。せっかちな人ね。調理に二時間、煮込みに三時間もかかったのよ。でも、あなたの喜ぶ顔を思い浮かべると、そんなこと、私、大変でもなんでもないのよ」

彼女は額の汗をそっとぬぐいながら言った。

喜ぶ顔？　僕は自分の気持ちがローラーで地面に圧し固められている姿を連想し、惨めになった。彼女という無神経なローラーに。

目でクロミを探してみた。本棚の上のダンボールの蓋がほんの少し開いていて、そこからピンと立った耳と光る目がこちらをのぞいている。

僕と視線が合うと「みゃーお」と普段よりややか細い鳴き声が聞こえてきた。

城子の存在に苦しめられているのは、僕だけではない。あんな場所に長い時間かくれていなくてはならないクロミはなんと不憫《ふびん》なのだ。城子に対する怒りが再びふつふつとわいてきた。

「頼んでもいないのに、ご苦労さんだな。そんなもの、僕は食べないよ」

きっぱりとそう言うと、彼女の口元が一瞬ゆがんだ。それでも無理に作り笑いをしながら、料理を作る手を休めない。

「以前はよく言ってくれたわよね。君のことを愛している。食べてしまいたいほど愛しているって。覚えている？」

「君に？　そうか。君にもか。それは、女を抱くときの僕の口癖なんだ。いろんな女に言っているらしいけど、自分じゃ覚えていない」

実際、絶頂に達するとき、僕がそんな言葉をもらすらしいことは絵里子から聞いたことがある。

「あれは限りなくあなたの本心だったわ。私、あなたに食べられたかったの。そして、肉体を共有したかった。そんなふうに二人が合体する夢をよく見るのよ」

もうかんべんしてくれ。途方もない夢だ。彼女の夢想に僕の肉体が冒瀆《ぼうとく》されているような気分になった。

そんな僕の気持ちとは裏腹に彼女は楽しそうに、鼻歌を歌いはじめたから、僕は脱力した。彼女の脳は自分に都合の悪いことはいっさい受け付けないようにできている。どうやら、このわざとらしい鼻歌は、自分の気分を建て直すための手段らしい。

ひとしきり歌うと、彼女は再び頬を緩めて微笑んだ。こっちはますます落ち込んでいくというのに、そっちはもう気分を持ち直したのか。僕はこれ見よがしに深いため息をつき、相変わらず鍋をかき混ぜている彼女に言った。

「僕の部屋の鍵を返してくれ。頼むから人の部屋に勝手に入るのはやめてくれ。どうしても出て行ってくれないのだったら、不法侵入で警察に訴える」

すぐにでも警察に相談に行こうかと思い、僕は窓越しに表を見た。外はどしゃ降りだ。駅についた頃からパラパラと降り出したが、今では大粒の雨がベランダのコンクリートにたたきつけられている。近くの派出所まで歩いて十分。僕は滝のような雨と強風の中を歩いていくことを一瞬頭に浮かべてみたが、ますます疲労感が募ってきた。この場を逃れて外出する気にもなれない。

だいたい自分の家なのに、どうしてこっちが出て行かなくてはならないのだ。

「あなたにどうしてもこれを食べてもらいたかったの。せっかく習いに行ったんですもの。一ヵ月の苦労が水の泡になるわ。お願い。食べて」

彼女はすがるような目で僕を見上げた。

僕のいらだちを他所《よそ》に彼女はリビングにある棚の扉を開けてカチャカチャと音を立てはじめた。叔母が揃《そろ》えた来客用の金縁のお皿やクリスタルのグラスをまるで自分のものであるかのように手際よくテーブルに並べた。

その時「みゃーお」とまたもやクロミの切なくて悲しげな鳴き声が聞こえてきたから、僕の気持ちは激しくかき乱された。

もう我慢できなかった。腹部のあたりからこみ上げてくるむかつきが喉を通って怒鳴り声になって放たれた。

「僕は君と食事する気なんかない！　さっさと帰ってくれ！」

彼女の腕の付け根を乱暴につかんだ。折れそうなほど細い腕が僕の手の中にすっぽり入った。まるで人形みたいに細い腕だ。僕は彼女の腕が自分の手の中で消えてなくなるのではないかとたじろいだ。その一瞬のすきに彼女は猛烈に強い力で僕の手をふりきった。予想以上の激しい力に僕の怒りが爆発した。

「君はどうかしている！　帰れ！　帰ってくれ！」

大声でわめき散らした。それから僕は彼女の首に手をかけて思いっきり締め上げることを想像した。渾身《こんしん》の力でこの女を絞め、食器棚の角に脳天をたたきつけて殺してやりたい衝動に駆られたのだ。女が頭から血を噴き後ろ向きに倒れていく映像をスローモーションで何度も再生した。心臓の鼓動が爆音みたいに鼓膜を震わせる。

我に返って、冷や汗をぬぐった。このままだと本当に彼女を殺してしまうかもしれない。背筋が寒くなり怒りが急激に冷めていった。代わりに異様な恐怖が襲ってきた。

彼女はちょっと悲しそうにこちらを見ながら言った。

「興奮しないで。あなたはすぐに理性を失うのね。でも、これが最後、ね、お願い」

「理性だって？　君といて理性なんて上等なしろものを保てる人間がいるのか。これは君のいったい何度めの最後なんだ！　もう、一カ月も前に僕たちは別れたんだよ。君に最後なんかあるものか！」

僕は泣きそうになりながら叫んだ。一秒でも早くこの忌《い》まわしい女から逃れたかった。

「最後なんかないんだ。これが、永遠に続くんだ」

「いいえ、最後は必ずあるわ。お願い、本当に今日で最後よ。ワインも持って来たの。しゃれた南仏料理と、あなたに話したことのある〈ペイ・ドゥ・ネイジュ〉というワインよ。これで素敵な最後の夜を飾りましょう」

「僕はそんなワインは知らない。君の勝手な作り話だ。素敵な最後の夜だって？　頼むからもうかんべんしてくれ。僕は、君とはほんのお遊びでつきあっただけなんだ。悪い男だった。そのことは謝る、すまない」

「一度だけ一緒に食事をして。ほら、シチューができたわ。ハーブとニンニクをたっぷり入れて三時間も煮込んだのですもの。美味しいはずよ。ねっ、一緒に食べて。食べてくれたら別れてあげるから」

彼女は台所から鍋を運んできて僕の前に差し出してにっこり笑った。こんな時に笑う女は狂気だ。もう、怒るエネルギーもない。所詮《しょせん》この女のしつこさにかなうはずがないのだ。

僕はソファに倒れ込むように深く座った。もう一度窓の向こうをみる。庭に植え込まれた木の枝が弓なりに揺れている。

「君と食事をする気なんかないんだ。頼むから止めてくれ。お願いだ」

彼女はテーブルの真ん中に鍋を置いた。そして、おたまで鍋の中のものを皿に盛りはじめた。二つの皿にトマト色の赤っぽいシチューを入れ終わると、パンを切ってかごに盛り、椅子に腰掛けて言った。

「さあ、一緒に食事しましょう」

僕は答えなかった。

「ワインを注いで一緒に食事をしてくれるだけでいいのよ。おぼえているでしょう？　あなた、こんな食事がしたいって言ったじゃない」

「君にはもう別れを告げた」

「いいえ、まだよ。南の地方の料理が食べたいって言ったのよ、あなたは。だから、もう一度作りに来たの。お願い、ワインを開けてちょうだい。今日こそきっと満足の行く夜にしたいの。決して忘れられない夜に」

僕はソファに深く腰掛け、雨に打たれる庭の木をひたすら見つめていた。

腕時計を確認すると十分くらいしか経っていなかった。僕にはもっと長い時間に思えた。ふと、彼女の方を見るとテーブルについたまま僕が向かい側に座るのを待っている。じっとこちらを睨んだままだ。視線で殺そうとでもいうのか。

彼女の性格ならよく分かっている。

僕が食事を食べるまで、彼女はそこにずっと座っているつもりなのだ。何時間でも。

結局、僕はまた根負けしてしまった。

ワインの栓を開けて彼女のグラスに注いだ。

「座って」

僕は言われるままに椅子に座った。意地を張っても無駄だ。彼女の言うことを聞いて食事を一緒にして帰ってもらうしかない。数時間の辛抱だ。それだけ我慢すれば、少なくとも、この雨の中ここから出て行くのは彼女の方だ。部屋の鍵は、この家の持ち主である叔父の許可をもらって新しいものと付け替えればすむことだ。今日さえ我慢すれば、もう二度と彼女はこの部屋に戻ってこられない。

「出会った頃の夜は楽しかったわ。こうして二人で乾杯したわね」

「ああ、そうだった」

「あなたが、私を誘ってくれた。ベッドの中で、私のこと食べたいほど愛しているって何度も言って、結婚しようとも約束してくれた。なのにこんなふうに別れるのは残念だわ」

彼女は片手で目頭を押さえながら言った。

「すまない。僕は薄っぺらで包容力のかけらもないどうしようもない男なんだ。君にはもっと年上で知性のある男が相応《ふさわ》しいだろう」

絵里子が僕を振った時に並べ立てられた理由をそっくりそのまま彼女に言った。

「ええ、分かったわ。今日こそそれが分かったの。だから本当に最後よ」

やけに物分かりがいいなと、猜疑《さいぎ》的な目で彼女を見た。僕が食事をする気になったので気持ちが収まったのだろうか。ナイフとフォークをつかむと、シチューの中の肉を切った。よく煮込んであって、肉は口の中でとろけて自然に舌になじんだ。トマトとオリーブオイル、それにニンニクやハーブの混ざった地中海風の香りが鼻孔を刺激した。一カ月間料理教室に行ったというのは本当らしい。僕はやけくそのようにワインを飲み干した。彼女は、僕のグラスになみなみとワインを注いだ。そして、自分でもぐいぐいと飲んだ。

「このシチュー、美味しいでしょう？　タマネギとニンニクをたっぷりのオリーブオイルで炒めて、それから肉を骨付きのまま、こんがりと焦げ目がつくまで焼くのよ。骨までじっくり煮込んでダシが出ているから美味しいのよ。そしてね……」

彼女はシチューの作り方を長々と話し始めた。僕は酔いがまわって時々彼女の声が聞こえなくなることがあった。

彼女は妙に饒舌《じょうぜつ》になっていた。シチューの話が終わると、今度は自分の話をし始めた。

彼女は新潟の上越出身で、実家はぶどう栽培をしてワインを作っているのだとか、自分は田舎が嫌で都会に憧れて京都に来たが、京都の生活や人に全然なじめない、京都人は何を考えているのか分からなくて難しい、と、とりとめなく話し始めた。

「私、京都の人との距離をどう保てばいいのかが分からないの。親切な人にめぐり合って嬉しくて仲良しになろうとすると、ある日、突然に嫌われてしまうの。自分の何がいけなかったのか皆目分からないのよ」

なんとも返事のしようがなかった。嫌う人間の気持ちはわかっても、それが理解できない彼女の気持ちの方が僕には謎だった。

「そんなことばかり繰り返しているうちに人と接するのに疲れてしまったの。だからもう故郷へ帰るつもり」

彼女はそう言うとまたワインを一気に飲み干した。

「そうか。その方が君には向いているかもしれないな」

内心そうしてくれたら万々歳だ、と思いつつ、気持ちを悟られないように、さりげなく言った。

彼女は新潟の出身で、この〈ペイ・ドゥ・ネイジュ〉は彼女の実家で作っているワインだと言った。期間限定品で百貨店に卸しているワインらしい。彼女は今まで、自分の家のことをあまり話さない女だった。いや、何を話しても僕が聞いていなかっただけかもしれない。

彼女はワインの飲み過ぎで荒い息を吐きながら弾んだ声で言った。

「私、あなたと出会った時、夢のようだった。憧れの京都へ来て、突然ドラマの世界へ舞い込んだみたいだったの。あなたは私が田舎で見ていたドラマの主人公そのものなんですもの。ハンサムなカリスマ美容師で、おまけに京都の高級住宅街にこんな素敵な家まで持っていて……私にはもったいないような人だわ。私、ここがまるで自分の家みたいな気がして、一生懸命掃除した。あなたのことを思いながら、掃除するのが生き甲斐だったの」

確かにこの家は僕の若さで暮らすには並外れて高級だ。十六畳もあるリビングの他に八畳の和室と十畳の寝室、さらに二階には客間が二部屋ある。場所は北山だから誰もが憧れる高級住宅街だ。

城子がこの家に執着しているのに気づいて、僕は慌てて言った。

「これは叔父の家なんだ。僕のじゃない。叔父は転勤族で、いずれ退職したら京都で暮らすつもりなんだ。僕はしばらく住まわせてもらっている、いわば管理人みたいなもんだよ。叔父は親父の兄弟の中では出世頭なんだ。僕の両親は宇治にある狭い団地暮らしだよ。父は家業の居酒屋をやっている。それも一時はよかったけど、今では客も減ってすっかりさびれている。誤解しないでくれ。僕にはなんの財産もないんだ」

そう言いながら僕は赤面した。大切な鎧《よろい》をはずして自分の貧弱でみすぼらしい肉体を露出してしまったのだ。

城子はここが僕の家でないと知っても、さほど驚いた顔はしなかった。あまり露骨にがっかりされても傷つくが、言ってしまった以上もう少し落胆してもらいたかったから当てが外れた。

「そうだったの。でもいい思い出になったわ。本当よ。そして、今日は本当に最後なのよ」

「ああ、そうかい」

どうせそんなつもりなどないくせに、と僕は投げやりな返事をした。

「本気にしていないのね。本当に最後なの。それが証拠に昨日、お店に辞表を出してきたの。来週には新潟へ帰るつもり。実家でワイン作りを手伝うことにしたの。両親も喜んでいるわ。田舎にいる頃は労働の多い零細業にうんざりしていたんだけど、それが自分に合ってるってことにやっと気づいたのよ」

辞表を出してきた？　嘘だろう。僕は意外な話の展開に、自分の耳を疑った。これで、この悪夢のような関係に終止符がうてるというわけか。信じられない。さっきまで、永遠の苦しみのように感じていたのが嘘のようだ。

僕は急に気分がよくなり、俄然《がぜん》ワインが美味しく感じられた。ボトルのラベルを初めてまじまじと見た。

「このワイン、赤にしてはさっぱりしていて飲みやすいね。へえ〈ペイ・ドゥ・ネイジュ〉か」

「雪国という意味なの。一次発酵に何ヵ月もかけて、丁寧に作った手作りのワインなのよ。機械なんか殆ど使っていないの。子供の頃、よくボトリングを手伝わされたわ。弟と二人で半出来のワインジュースをこっそり飲んでふらふらになったことがあるのよ。地下室にね、一次発酵の終わったワインジュースを移して二次発酵させるの。それから砂糖と酵母菌を入れて……」

彼女は今度は、ワイン作りの話をし始めた。僕は三杯目のワインを飲み干すとシチューも平らげた。

「これ、なかなかうまいな。じっくり煮込んだっていうけど、なんの肉？」

「ウサギよ」

どうりで見慣れない骨の形だと思った。

「へーえ、ウサギかあ。珍しいな」

「食べるのはじめて？」

「ああ。でも、美味しい。君の田舎で作ってやったら、みんなびっくりするだろうな」

「よかったわ。気に入ってもらって。私、あなたに美味しいって言ってもらわないことには故郷に帰れないと思っていたのよ」

冗談じゃない。また一カ月間料理教室に通って、舞い戻って来られたらたまったもんじゃない。僕は鍋の蓋を開けるとシチューをおたまですくおうとした。肉が骨から外れておたまに引っかかったところで彼女の手がおたまを取った。

「おかわりだったら、私が入れるわ」

「そうか。うまいから全部平らげるよ」

「本当？　嬉しいわ」

彼女は喜びの笑みを顔いっぱいに、僕の皿にシチューを盛った。僕は彼女の細長い手から襟元の方に視線を移していった。普段真っ白な首筋がピンク色に染まっていて、それが、たまらなく色っぽく感じられた。

——案外可愛い女じゃないか。僕が冷たすぎたのかな。今晩、最後のお別れに抱いてやってもいいな。

僕は酔った勢いでこんな軽薄なことまで考えていた。

僕はシチューとワインを交互に口に運んだ。

「ねえ、ジャパニーズホワイトって知っている？」

彼女の声のトーンが微妙に低くなった。

「日本の白ってこと？」

「いわゆる日本の白いウサギのこと。小学校の頃、学校なんかで見かけたことなかった？」

僕は自分が口に運んでいる肉のことだと気づいて、噛むのをやめた。

「白ウサギ、へえ、そうか」

「アナウサギでアルビノっていう白くて目の赤い種類。まるで私みたいでしょう？　あなたの血となり肉となろうとしているのよ、私の分身が」

彼女は勝ち誇ったような笑みを口元にたたえた。

なんてことだ、それがおまえの狙いだったのか。たちまち、僕は口の中に入っている肉を吐き出したい心境になった。だが、ここで彼女の機嫌を損ねるわけにはいかない。僕はワインを口いっぱい含んで肉を丸ごと飲み込んだ。この肉が消化され、僕の細胞が形成される映像を城子の脳のフィルムから読みとり、ぞっとした。その手にのるものか！　僕は何杯もワインを飲んだ。

意識が朦朧《もうろう》としてきた。天井が揺れ始めた。目の前で彼女が二本目のワインを開けるのをぼんやりと見ていた。思考が鈍って考えが浮かばない。彼女がグラスにワインを注ぐと、僕は水みたいにそれを飲み干した。味もアルコールも感じない。ただ、城子が自分の分身みたいに思っている胃袋の中の肉を全部もどしてしまいたい、そんな思いに駆られた。

「動揺しているのね。今のは、ほんの冗談よ。あなたの本心はよく分かっているわ。私そこまで鈍くないもの。でも、私たち、素敵な夜を過ごしたことには変わりないわ」

「ああ、そうだな」

そう言ったつもりだが、舌が絡《から》まって言葉にならない。ここでにっこり笑えたらいいのだが、頬が引きつってどうしても笑えなかった。

ああ、これで彼女ともお別れか。一年後には、こんな夜のことなど、なにもかもすっかり

忘れてやる。アルビノがどうした。たかがウサギじゃないか。そんなものを食べたからって
おまえとはなんの関係もない。胃酸がしっかり消化してくれて記憶と一緒に拡散し、跡形も
なくなってしまうだけさ。

僕はそんなことをぐるぐる回転する頭の中で考えていた。それから先はいったい何杯ワイ
ンを飲んだのか思い出せない。意識がなくなるまで飲んだことは確かだった。

ベランダから射す光が瞼《まぶた》を赤く火照《ほて》らした。頭が痛かった。耳の奥でタンバリンの反響音がいつまでもやまない。僕は起き上がってソファに座った。腕を胸の下敷きにして体をよじった恰好で寝ていたらしく、肩から肩胛骨《けんこうこつ》にかけてしびれて感覚が麻痺していた。壁の掛け時計を見ると十時半だった。

外は眩《まぶ》しいくらいの良い天気だ。昨日の雨が嘘のようだった。僕は二日酔い特有の喉の渇きとむかむかを抑えながら、ゆっくりと立ち上がって伸びをした。

テーブルの上に目を落とすと、手紙が置いてあった。僕は右手をついて手紙を読んだ。

　最後の夜をありがとう。昨日のあの肉ですが、白ウサギというのは嘘です。あなたたちの愛に私が立ち入ることなど、できるはずがありませんもの。
　私はあくまでも愛を完結させるお手伝いをしただけ。そして潔く退くこと、それが目的だったのです。それでも、私たち二人にとって決して忘れることのできないすてきな夜になったと思います。これで本当にさようなら。もう、思い残すことはありません。

城子

追伸　そうそう、お料理の材料が少しだけ残りました。冷蔵庫に入れておきますので今晩にでも使ってください。

文面の意味はいまいちよく分からないがこれで彼女と別れられたのだ。

「さようなら。永遠に」と呟きながら、僕は大きな欠伸を一つした。二日酔いさえなければ最高の気分だ。腹に収まっているのがアルビノ種のウサギでないことにほっとした。

彼女の持ってきた〈ペイ・ドゥ・ネイジュ〉の空ボトルが机の真ん中に三本並んで置いてあった。全部で三本も空けたのだ。どうりで頭が痛いはずだ。

僕は風呂にぬるま湯をはりながら洗面所で顔を洗った。水を肌に浴びるうちに喉の渇きが抑えられなくなり、蛇口に口をつけて水をたらふく飲んだ。顔をタオルでぬぐうと急に気分が悪くなり、トイレに駆け込んだ。半分消化されて液体と化した胃の中の赤いドロドロをもどした。ワインと胃液のいやな臭いが口の中に残った。

吐くとまた喉の渇きを覚えた。僕は冷たい牛乳を胃袋の中に流し込みたくなったので、台所へ行った。鍋もお皿もきれいに洗ってある。

冷蔵庫の牛乳を取り出し、戸を閉めようとすると軽い抵抗があった。中をのぞくと二番目の段に大きな皿が押し込まれている。それが開けた拍子にはみ出して閉める時に扉が閉まらなくなったのだ。皿を引っぱりだそうとしたが何かに引っかかってなかなか出てこない。缶ビールのたっぷり詰まった重い上段を少し持ち上げて力を入れた。やっと引っぱりだすと皿はずっしりと重く左手で慌てて支えないと持っていられなかった。

僕は皿の中のものを見て全身が凍りついた。

「うわーっ！」

やっとの思いで叫んだが、叫んでいるうちに喉が千切れそうな痛みを感じたにもかかわらず自分の声はいっこうに耳まで届かない。

大皿の周囲にはマッシュルームとトマトとニンジンのぶつ切りが花のように円形に飾られ、その真ん中にそれが内臓と一緒にのせられている。

皿が両手からすべり落ち、大きな響き音を立てて真っ二つに割れた。割れた拍子に白っぽいドロドロと赤い血の塊が床に飛び散った。マッシュルームとトマトが床に弾んで転がっていく。僕は見たくないのに金縛りにあったようにその場から動くことも城子の残した材料から視線をそらすこともできなかった。股間から生暖かい液体がしみ出してきてズボンの内側を濡らし、靴下の底まで垂れ下がってきてじゅくじゅくになった。

首だけとなったクロミの無理にこじ開けられた灰色に濁った目が無念そうにこちらを見ている。閉まりきらない口からはみ出した牙の隙間に粘液質の真っ赤な泡がうっすらと浮かんでいた。

そんなバカな、クロミは本棚の上にいるはずだ。僕は、リビングに行くと、ダンボールを引きずりおろした。中は空っぽだった。昨日、シチューが出来上がった時、この中に確かにクロミはいた。鳴き声だって聞こえてきたではないか。あれは目の錯覚だったのか。いや、錯覚などではない。確かに彼女はこの中にいた。

先ほどキッチンで見たあの光景のほうが僕の妄想だったに違いない。きっとそうだ。そう思い、僕はキッチンへ向かい、そこで再び床に散らばったクロミの残骸を目にすることになった。無残に切り取られた首、四本の足、それらすべては紛れもなくクロミのものだった。

先ほどの文字の切れ端が僕の脳裏に蘇った。

あなたたちの愛……愛を完結させるお手伝……潔く退く……

僕はトイレまで這《は》うようにしてたどり着くと胃袋が裏返るほど吐き続けた。空の胃袋から粘膜がすべて削ぎ取られてちくちく針で刺されるような痛みが走った。吐くのをやめると頬と唇の回りがやたらにピクついて止まらない。僕は何時間もトイレで吐き続け、力尽き、意識が遠のいてカメラの充電池が切れたように突然視界が闇に包まれた。

闇の中でクロミ、クロミと叫んだが、返事はなかった。

私は、スーツケース片手に家の外へ出ると、空を仰ぎ見た。ところどころに小さな雲の切れ端はあるものの透き通るような青空だ。

引っ越しの荷物はすべて送り終え、今から、私は故郷の新潟へ帰るところだった。最後にいい天候に恵まれたのは、いい兆《きざ》しだ。

スーツケースを転がしながら、駅の方へ向かって歩いていると、途中で、一匹の黒猫が私の前を横切った。

「あら、ダミーちゃん！」

私は立ち止り、声をかけた。猫は一瞬こちらを振り返ったが、素早い速度で走っていった。つれない態度だこと。ここ一カ月ほどずいぶん餌付《えづ》けしてやったというのに。

まあ、仕方がないか。長いこと、棚の上のダンボール箱の中に閉じ込めておいたんですもの。そのことを思い出し、私は「うふふふ」と一人声を出して笑いながら、走り去る猫を見送った。そして、再び駅まで歩きはじめた。

躑躅《つつじ》幻想

柴田よしき

柴田よしき（しばたよしき）一九五九年〜

京都に住んでいた一九九五年、『RICO―女神の永遠』で横溝正史賞を受賞してデビュー。斬新な警察小説のRICOシリーズ、猫探偵正太郎シリーズ、保育園園長の花咲慎一郎シリーズなど作品は多彩。京都が舞台のものには短編集『貴船菊の白』、青春ミステリー『桜さがし』、伝奇小説の災都シリーズ、修学旅行での失踪事件が発端の『激流』など。

躑躅幻想＊柴田よしき

1

今年のツツジは少し遅いように思う。例年、ソメイヨシノが散ると先を争うように咲き始め、ゴールデンウィークの頃には満開に近い状態で咲き誇っていたような気がするのだが、今年は五月も半ばになってまだ、ほとんどの株に蕾《つぼみ》の姿が見られる。

それでも、鴨川《かもがわ》沿いに南北に通る川端通りの道路端にぎっしり並んで植えられたツツジは、今、満開をちょうど過ぎたあたり、濃い紫がかったピンクの花と純白の花が混じり合って並んでいるのを見ていると、京都も夏が近いことを感じる。


この町の夏は辛《つら》い。毎年梅雨が始まる頃になると、わたしは、この町を出てどこかもっと暮らしやすい気候の田舎町にでも越したいと思い始める。わたしの仕事はパソコン一台と電話があればどこにいても出来る仕事なので、その気になればこの町を出ても少しも困ることはない。だが、いざこの町を出て行こうと決心するとどうしても、あの時のことが脳裡《のうり》に甦《よみがえ》り、その決心を鈍らせてしまうのだ。

あれから、もう七年近くが経《た》つ。

わたしは旅人だった。

その年の三月に、小説の新人賞を受賞して作家となった。そして、受賞の賞金で旅に出ることを思いついた。

新人賞とはいっても雑誌の賞で、受賞作は七十枚弱の短編だった。賞金は三十万円。当時のわたしにとってはそれでも大金には違いなかったが、受賞記念の旅をするにしても、海外へ出る軍資金としては少し足りない。それに賞金の中から、知人に借りていた金なども返したかったので、結局、新幹線で手軽に行ける京都に一人旅と決めた。

京都には、中学の修学旅行で行ったことがあるきりだった。旅行そのものは嫌いではないのだが、京都というといかにもメジャーな観光地で、元来少しへそ曲がりなところのあるわたしの食指は、ついぞ動いたことがなかった。それがなぜ、あの時になって京都に行ってみたいと思ったのか、理由は簡単だった。新人賞をとった雑誌から受賞後第一作になる短編のテーマを与えられていて、それが『古都』だったのだ。

もちろん、『古都』は京都の他にも日本中にたくさんあったし、海外まで含めれば無数にある。だがあの時のわたしは、自分はチャレンジャーなのだという自負と意気込みで溢《あふ》れていた。誰も知らないような町を舞台に書いた方がアラの目立たない作品になるだろうという計算に反発するには、日本人なら誰でも知っている『古都』の代名詞である京都を舞台にして、真正面からテーマとぶつかってみたい。短編の新人賞などでデビューしても三年は生き残れないぞ、と陰口を叩《たた》く先輩連中を驚かせてやりたい。三十を超えたばかりで長年の夢だった作家となり、いっちょやったるか、という気持ちだったのだろう、そんな不遜《ふそん》なことを考えてわたしは旅先を京都に決めたのだ。

結果的に、その旅に出たことがわたしのその後の人生を大きく変えた、と言えるのかも知れない。

肝心の短編小説の方は、意気込んでいた割には気合いが空回りした感じで、ぎりぎり合格点、という程度の作品になってしまったのだが、その代わりにわたしはとても不可思議な体験をし、そのことを題材に書いた長編小説が高く評価されて仕事が来るようになり、そのおかげで七年後の今でも作家を続けていられるのだ。そしてわたしは、あの旅から戻った半年後、書き上げた長編小説を編集者に渡した数日後に東京のアパートを引き払い、この町にやって来た。

あの日の少年に、もう一度逢《あ》いたい。

ただその一心で。

＊　＊　＊

予約していたホテルは、鴨川のすぐそばに建っていた。

ホテルに泊まるなどという贅沢《ぜいたく》な旅は、会社を辞めて以来したことがない。いつもは民宿か、せいぜい張り込んでビジネスホテルが精いっぱいといったところ。それも、定職も持たずに小説家を目指すなどという、三十にしては無謀で世間知らずな生活をしている以上は仕方のないことだった。

それが思いもかけずに手に入った三十万円と、とにもかくにも、作家の肩書き。

わたしは、黙っていても無意識に鼻歌が口をついて出てしまうほど幸福な気分で、そのホテルの自動ドアをくぐった。

思っていたよりは小さなホテルのようだった。フロントもこぢんまりとしていて、ロビーらしいロビーもない。そのロビーの代わりなのか、フロントの横手にコーヒーラウンジがあった。

そのラウンジを横目で見て、わたしは、そのホテルを推薦してくれた知人の言っていた言葉の意味を理解した。

「カルガモがいるよ」

知人は言ったのだ。

「小さなホテルだけど、団体客はいないし景色は抜群、それにカルガモがいるんだ。春にはひよこを連れていて、何時間見ていても飽きないよ」

ラウンジから見えている横長の庭園は、よく見れば庭ではなく、お堀だった。その谷間の底に池があり、小さな中之島があって、その周囲にカルガモの一家が泳いでいたのだ。なるほどあの堀の底ならば、野良猫《のら》や野良犬の心配をせずにのんびりと卵をかえし、子育てが出来るだろう。

いいホテルだ、と思った。いいところを紹介して貰《もら》って良かった。三日間の滞在中は、あのラウンジの窓際《まどぎわ》の席に座って、カルガモの親子を眺めるのを日課にしよう。

チェックインを済ませて、部屋に荷物を置いた。このホテルでは、鴨川側の部屋と、反対の河原町通りが見える部屋とでは若干室料が違い、鴨川側の方が高い。これまでの人生ではこんな二者択一では必ず、料金の安い方を選んで生きて来た。金に余裕がないということの他に、景色などという曖昧《あいまい》なものに金銭的価値があるという考え方をしたことがなかったのだ。だが今回の旅だけは、これまで試したことのない贅沢を試してみようと意気込んでいたので、部屋は鴨川側を選んで予約した。前述の知人が、絶対にそうした方がいいと強く勧めてくれたからだ。


部屋は思ったより広く、そして、窓は大きくて明るかった。

わたしは荷物を床に置いたままで、まず窓のそばに立ち、知人が勧めてくれた景色を見てみることにした。

素晴らしい、と素直に思えた。

極めて雄大、だとか、非常に美しい、というのとは少し違うのだろうが、目の前に鴨川が流れ、その明るい河原には犬を連れて散歩する人影や、水面《みなも》を向いて肩を寄せ合うカップルの姿があり、その後方に東山の濃い緑と、横手には雄大な比叡山《ひえいざん》の姿まで見渡せるその景色は、とてもよく構図のバランスのとれた一枚の絵のようで、わたしはしばらくの間、その景色に見とれたまま窓際に立っていた。


こんなにゆったりと余裕のある気持ちになったのは、本当に久しぶりだった。

医療機器のメーカーに五年勤め、営業の悲哀を舐《な》め尽くして二年前に嫌気がさして退職。好景気に浮かれた時代の中で、就職などその気になればいくらでもある、そう思っていた。だから焦《あせ》って再就職する気になれず、退職金と失業手当でぶらぶらと過ごし、その間に小説を書き始めた。だがある朝目を覚まして新聞を見ると、バブル経済は崩壊を開始していたのだ。慌《あわ》てて就職先を探し始めたが、前の会社と同じ条件で働ける職場は見つからず、時間ばかりが過ぎて行く。それでもプライドだけは捨てられず、前の会社より条件が悪いところに勤める決心はつかないまま、友人達には「作家を目指す」と公言してフリーターとなり、小説に人生を賭《か》けた「振り」を続けて来た。

心の中は焦りでいっぱいだった、この一年半。

自分に作家としての才能がないのではないか、とおびえて眠れずに迎えた朝。毎晩、こっそりとコンビニで買い続けた就職情報誌。バイト先で自分より年下の学生を相手に、訊《き》かれもしないのに作家志望だと説明し、言い訳をし続けた毎日。

ようやく、脱《ぬ》け出せたのだ。少なくともこれで、自分のしていることに言い訳は必要なくなった。自分は「作家」になったのだ……それで食べて行かれるようになるのがいつのことなのかはわからないにしても。

ふと目を河原に向けると、そこに少年の姿が見えた。中学生くらいだろうか。ジーンズにTシャツ、野球帽を被《かぶ》り、手には何か箱のようなものをぶら下げている。その箱はどうやら、ペットケージのようだった。だが中に動物がいるようには見えない。少年は、箱を大きく振りながら歩いている。

その内、少年の動作が気になり出した。歩きながら河原の草のあいだを覗《のぞ》き込み、スニーカーを履いた足でそっと草をかきわけ、しゃがみ込み、頭を振って立ち上がる。それを数メートル毎に繰り返しているのだ。

そうか。

わたしは合点がいって、ひとりで頷《うなず》いた。少年は、迷子になってしまった仔犬を探しているのだ、きっと。

わたしは不意に、その少年を手伝ってやりたい気持ちになった。ずっと昔、まだ小学生だった頃、わたしも少年と同じように逃げてしまった仔犬を探して街をうろついた経験がある。お年玉を貯《た》めてデパートで買った、柴犬《しばいぬ》の子。飼い始めて十日目に首輪をつけて公園に連れて行き、友達と野球をする間木に繋《つな》いでおいて、ふと気がつくと姿が見えなくなっていた。ふわふわの毛のせいで首の太さを見誤り、首輪をゆるくし過ぎていたのだ。仔犬はまだ繋がれることに慣れていなかった。騒いで暴れて、そのうちに首輪から首が抜けてしまい、そのままどこかへ走って行ってしまったのだ。

何日も何日も、籐《とう》のバスケットを下げて街を歩いた。交番にも届け、母親に頼んでポスターまがいのものを作って貰って近所の壁や電柱に貼《は》った。

結局、仔犬は見つからなかった。

それから何年も何年も、近所で新しい柴犬を見かけるたびに、あれは僕の犬に違いない、と思い込んだ。親に泣きながら頼み込んで調べて貰ったこともあった。だが、あの仔犬がその犬だ、とわかることはとうとうなかった。


わたしはズボンのポケットに財布が入っていることだけ確かめると、部屋を出た。

2

ホテルを出て、どうやって下に降りたらいいのか二条大橋の上で少し迷ってから、階段を見つけて河原まで降りた。

少年は、鴨川と並行して流れている小さな流れの縁を、のろのろと歩いている。だが仔犬を探しているにしては、やけに草むらにこだわるな。

わたしはいくぶん小走りに、少年に追いついた。

「迷子になったのかい？」

思い切って声をかけると、少年が振り返った。

何と綺麗《きれい》な肌だろう。

中学、高校生の頃の男の子は、ホルモンの関係からニキビがたくさん出ているのが普通だ。それなのにその少年の肌は、頬《ほほ》も額も、すべすべとしていた。肌だけではない、髪もさらっと柔らかそうで、全体に女の子のような雰囲気のある少年なのだ。

「犬、迷子になっちゃったのかい」

わたしは少年が手に下げていたケージを指してもう一度訊いた。

「犬じゃないんです」少年は思いの外丁寧な口調で応《こた》えた。「猫なんです」

「猫？」

「白いの。まだ一ヶ月くらい」

「ほんとの仔猫だね。どうしてそんな仔猫を外に出したりしたんだい？」

「出したんじゃなくて、外にいたんです。この辺に」

その時になってわたしは気づいた。少年の言葉には関西の訛《なま》りがない。東京言葉だった。

「昨日はこの辺にいたんです。昨日連れて帰れば良かった。でも許して貰えないと思ったし……」

少年の言葉でおおよその状況は呑《の》み込めた。少年はこの辺りで捨て猫を見かけ、親に飼ってもいいと許可を貰って、探しに来ていたのだ。

「一緒に探してあげてもいいかな」

わたしの言葉に、少年は驚いたように一度目を見開いたが、すぐに笑顔になった。

「ありがとうございます」

礼儀正しい少年だ、と思った。最近の中学生で、これだけきちんと大人と会話出来る者がどれだけいるだろうか。

わたしと彼とは、鴨川沿いに北へ向かって歩いた。

京都の町は、東西南北の位置関係を掴《つか》むのが簡単だ。見回して山の見えない方角を探せば、そちらが南。自分のいる場所の見当は、東の比叡山との距離で測ることが出来る。わたしは、にわか仕込みで勉強したガイドブックの知識を思い出しながら、北山の蒼《あお》い影の方向へと仔猫を探して進んだ。

二条大橋の北が丸太町橋。そこまで歩いて、少年は迷ったような顔になった。

「あいつ、チビだったから、そんなに遠くに行ったはずないんだけど」

「じゃ、引き返してみるかい？」

少年が頷《うなず》いたので、わたしは二条大橋の方へと向き直った。その時ふと、川の対岸が目にとまった。

「まさかな」

わたしは頭を掻《か》いた。

「仔猫が川を渡れるはずはないしな」

「飛び石があります」

少年が指さしたのは、二条大橋と丸太町橋のちょうど中間あたりだった。確かにそこに、川を歩いて渡る為《ため》の飛び石が並んでいる列が見える。まだ五月だというのに、川遊びに興じる子供達の姿があった。

「でも、猫は水が嫌いなんだよ。無理に飛び石を渡ったとは思えないけどな」

「子供が抱いて渡ったかも知れない」

なるほど、とわたしは頷いた。内心わたしは、仔猫はもう誰かに拾われてしまったか、運悪く野良犬に襲われてしまったのではないかと思っていたのだが、それを言い出すきっかけがなくて迷っていたのだ。少年の熱心さは相当なもので、仔猫を見つけることが出来なければ落胆は大きいだろう。ならば、水遊びしていた子供が仔猫を見つけ、飛び石を渡って自分の家に猫を連れて帰った、という状況を設定するのも悪くはない。対岸を探して仔猫が見つからなければ頃合を見計らってその話を持ち出して、少年に諦《あきら》めるきっかけを作ってやろう。

わたし達は並んで河原から道路へと上がり、丸太町橋を渡って東側の河原に出た。そこから、今度は南に向かって河原を歩く。だが東側には仔猫が隠れていそうな草むらがなく、わたしの視線は自然と、河原を上がったところに作られている小さな公園へと向いた。そこならば樹木があり草むらもあって、奇跡的に仔猫が見つかる可能性もありそうに思える。

少年も同じように考えたのか、二条大橋まで戻る途中でふと足の向きを変え、河原を上がって公園へと入って行った。

平日の午後、道路脇《わき》に作られた細長くてとても小さなその公園では、幼稚園にも行っていないだろう幼い子を連れた母親が二人、ベンチに腰掛けて何か喋《しゃべ》っている。子供達は小さな砂場にからだを埋め込むようにして熱心に砂遊びをしていた。

少年は母子には興味を示さず、さっそく草を分けて仔猫を探し始めた。

わたしは何とはなしに砂場に近づき、興味を覚えてこちらを見ている母親達に言った。

「すみませんが、白い仔猫を見かけませんでしたでしょうか」

「仔猫？」髪の長い方の母親が首を傾《かし》げた。「迷子になったんですか？」

「昨日は川の向こうにいたんだそうです。捨て猫のようで、彼が飼いたいと探しているんですが」

わたしは少年をそっと掌《てのひら》で示した。

「猫やったら川は渡らんやろしねぇ」

髪の短い方の母親が、耳に心地よい関西弁で言った。

「この辺りはカラスが多いし」

もう片方の母親は顔をしかめた。

「しってるぅ」

不意に、砂山から顔を上げた女の子が言った。

「ねこちゃんやったら、さっき見たぁ」

「ほんまに？」母親が立ち上がった。「マヤちゃん、ほんまに見たん？　どこで？」

「あっち」

女の子は指で川端通りの方を指した。

「お花ん中にいはった」

「おい！」わたしは少年に叫んだ。「いたみたいだよ！　ツツジの植え込みの中だ！」

少年が駆け寄って来た。わたしは公園から走り出て、川端通りの車道脇に並んでいるツツジの植え込みの中を覗いた。

数分で、わたしたちは遂《つい》に、その仔猫を見つけた。

白い、とても小さな仔猫は、濃いピンクと白の花をいっぱいにつけた植え込みの中で、からだを丸めて蹲《うずくま》っていた。

少年が手を伸ばして仔猫を抱き上げた。だが、仔猫は声すら出さなかった。

「獣医に連れて行こう。衰弱してるみたいだ」

少年の目が、痛みを感じるほどの強さでわたしを見ている。わたしは少年の肩をそっと抱いた。

3

仔猫は病気ではなかった。ただ空腹で動くことも鳴くことも出来なくなっていただけだった。花が茂《しげ》ったツツジの植え込みの中に潜り込んだのは、カラスや鳶《とんび》、野良犬から身を護《まも》る為《ため》の本能がさせたことなのだろうが、そのせいで食べ物にありつくチャンスがなくなってしまったのだ。

ホテルのフロントに獣医を探して貰《もら》おうと戻りかけた時、二条大橋のたもと、まさにホテルの真ん前に動物病院があったのには驚いたが、そのおかげで面倒もなく仔猫を入院させることが出来た。


「二、三日で回復する、と言ってたね」

わたしは、少年をホテルのコーヒーラウンジに誘った。

「大丈夫だよ、人間でも動物でも、子供は回復が早いものだから。だけど見つかって良かったな。名前、何にするかもう決めたの？」

「名前？」

少年は、今初めてそのことに気づいた、といった表情でわたしを見た。

「名前……」

「まだ考えてなかったのか。あの仔猫は雌だったね。ツツジの花の間にいたから、サツキって名前はどうかな。今は五月だし」

わたしは仔猫の名前などどうでも良かったのだが、少年と話を続ける材料が欲しくて口から出任せで喋った。

「ツツジだとどうして、サツキなんですか？」

「うん？　いや、ツツジって名前じゃ可愛《かわい》くないだろう？　ツツジとサツキは同じ仲間だからさ」

「それが五月と何か関係があるんでしょうか」

わたしは少年の顔をもう一度見つめた。十五歳くらい、と見当をつけていたのだが、五月の旧称も知らないところをみると、もっと幼いのかも知れない。

「五月のことを、サツキと呼んだんだよ、昔の人は」

「そうなんだ……ふぅん」

少年は素直に頷《うなず》いている。

「学校で習わなかった？」

「僕、学校に行っていないんです」

少年は屈託なく言った。その時わたしはやっと気づいた。今日は平日なのだ、普通に学校に通っている少年なら、こんなところでうろうろしているはずがない。

「学校……嫌いなのかい？」

少年は大きく頷いた。

「嫌いです。三年前から行っていません」

「三年前というと……」

「小学校四年生の時からです」

では今、本当なら中学一年生か。

わたしは、すべすべとした少年の肌をもう一度見つめた。なるほど、まだニキビの出来る歳《とし》ですらなかったわけだ。

「フリースクールか何かには行っていないの？」

「近くにないんです。京都はまだそういうの、少ないんです」

「君は……言葉が東京の人のようだけれど」

「小学校三年の秋に東京から越して来ました。それで……言葉のせいで……」

さもありなん、とわたしは思った。京都のことをよく知っているわけではないが、これだけの古都ともなれば保守性は相当に強いだろう。大人の社会はともかくとして、子供たちの社会では、言葉の違いは大きな問題だ。順応性の高い子供ならすぐに京都弁に慣れて真似《まね》をするようになるから次第に虐《いじ》めも収まるのだろうが、目の前にいる少年は、いかにも繊細で、しかもプライドが高そうだった。周囲からの圧力で言葉まで変えなくてはならないということそのものに対して、拒絶反応が起きたとしても不思議ではない。

わたしは話題を変えることにした。学校に行くか行かないかなどは、十三歳にもなれば自分で判断していい問題だとわたしは思っている。わたし自身、学校が好きだと思ったことはあまりなかった。

「おうちの人、猫を飼うこと許してくれて良かったね」

少年は顔を上げて微笑《ほほえ》んだ。

「母は好きなんです、動物」

「じゃ、お父さんが反対するかも知れないと思っていたんだね」

「父？」

少年はなぜか、予期しなかったことでも訊《き》かれたかのような顔になり、大きな目をしばたたかせた。そしてふっと遠いところを見るような目になって言った。

「あの人は絶対に許してくれないと思っていました。あの人は生きているものはみんな嫌いでしたから」

「よく説得出来たなぁ。君は人を説得するのが上手なのかな」

少年は応《こた》えなかったが、微《かす》かに微笑んだ。

どきりとするほど妖《あや》しい魅力のある微笑だった。こういう少年を、魔性のものと呼ぶのかも知れない。

実際、この時期の少年は魔物のように摑《つか》みどころがない。

　女の子はもっと早く大人へと変化してしまうので、女の子が本当の魔性を発揮するのは十歳未満だと、わたしは密《ひそ》かに思っているのだが、男の子はちょうどこのくらいから十五、六歳までが、微妙なのだ。声変わりが始まり、急激に男へと変化する肉体に心が引き裂かれて、この時期の少年には男と女が同居している。やたらと男臭い顔をするかと思うと次の瞬間には、妖艶《ようえん》とさえ言えるほどの魅惑的な眼差《まなざ》しで見つめ返して来たりするのだ。そしてやっかいなことに、彼等は自分が発しているその奇妙なフェロモンに気づいていない。

こうした時期の少年を見ていると、男とは女から分化した生き物なのだということがよく理解出来た。

「おじさんは、仕事、何してるんですか」

不意に訊かれて、わたしは夢想から覚めた。

「僕は」わたしは、少し躊躇《ためら》ってから思い切って言った。「作家なんだ。小説を書いている。まだデビューしたばかりの駆け出しだけれどね」

少年が一瞬、疑わしげな視線を向けたので、わたしは居心地の悪さに思わず姿勢を正した。嘘《うそ》ではない、だが、堂々と言えるほどの実績もない。中途半端《はんぱ》な気分だった。

「部屋に、出たばかりの本があるよ」

わたしは、なぜか焦《あせ》りを感じながら付け加えた。

「良かったら持って来ようか？」

「ここに泊まってるんですか」

「うん……取材でね」

「ここ、高いんですか？」

「いや」

わたしは、少年の質問の方向が意外だったので僅《わず》かに驚きながら答えた。

「そんなに高くはないよ。普通だよ」

「窓から鴨川が見えますか」

「うん。とてもいい眺めだ……何だったら、部屋に遊びに来てみるかい？」

少年は頷いて、またあの微笑みを浮かべてわたしを見た。

「嬉《うれ》しいです。いつも河原からこのホテルの窓を見ていて、あそこからこっちを見たらどんな気分だろうと思っていたから」

わたしたちはラウンジを出ると、そのままエレベーターを使って客室へと上がった。

少年は、窓からの景色にすっかりはしゃいで、東山の峰を南から数えている。三十六峰だと聞いたのに十いくつしか見えないと言われてわたしも思わず指さして数えてみた。なるほど、どう数えても三十六にはだいぶ足りない。後で本屋にでも出掛けて調べてみよう、とわたしは思った。

「あれが比叡山」

少年はわたしに教えてくれるように指さした。

「おじさん、あの山に車で登るにはどこから行けばいいか、わかりますか？」

「さあ、僕は京都の道路には詳しくないからね。でも、あの辺りに道がありそうだね」

わたしが指さしたのは、比叡山のふもとの辺りだった。名前には聞いたことのある八瀬《やせ》というのもその辺りだろう。

「はずれです、おじさん」

少年はわたしに背中を向けたまま、クスクスと笑った。

「よく、道路地図を見ないで来て間違えてる他府県ナンバーの車、ありますよ。比叡山に登るには、あの辺から行かないと駄目なんです」

少年が指さしたのは、大文字の「大」の字がかなり横になって見えている、そのさらに少し左隣の辺りだった。わたしが思っていたよりもずっと南で、比叡山からは離れているように思える。

「山中越えという道があるんです」

「狭い山道なのかい？」

「そんなに狭くはないです。でもけっこうクネクネしてます。スピード出すと落ちます」

「それじゃ、僕は行かれないな。運転はあまり上手《うま》くないんだ」

「大丈夫です、昼間なら。車が多いからそんなにスピードは出せません」

「君は車のことに詳しそうだね」

「あの人が好きだったんです。僕のことを乗せて、よくドライヴに行きました」

「お父さんは車に関係のあるお仕事なの？」

少年は振り向いた。それから、なぜか瞬《まばた》きして考えこむような顔になり、最後に首を振った。

「道楽だったんです。車にお金ばかり遣ってました」

その言い方の非難がましさが耳に残った。この少年は父親とうまくいっていないのかも知れない。

「思った通り、このホテルからだと僕の家が見える」

「本当かい？」

わたしは興味を感じて少年のすぐそばに寄った。

「あの辺りです」

少年が遠くを指さした。マンションのような建物がその指の先にあった。

「あのマンション？」

「そうです」

「京都は、住み易《やす》いところなのかな」

「わかりません」

少年の口調は淡々としていた。

「僕には、京都で暮らしているっていう実感があまり、ないから。母は嫌いみたいです、この町」

「お母さんは東京の人なんだね」

「再婚してこの町に来たんです。三年前に」

会話の中から浮かび上がった少年の現実が、胸に細波《さざなみ》を立てた。

さっきから少年の話の中に登場していた「父」は、実父のことではなく、養父のことだったのだ。そしてその養父のことをこの少年は、疎《うと》ましく感じている。

「夕暮れが始まるね」

わたしは、鴨川の水面が金色に輝き始めたのを見ながら呟《つぶや》いた。

「残念だな、東向きだから夕焼けは見られないね」

「夕焼けなんて、見えない方がいいです」

少年が囁《ささや》いた。

「赤過ぎるのは好きじゃない。見ていると気持ちが悪くなるから」

「血の色みたい、だから？」

なぜそんな言葉を口にしてしまったのかはわからない。だがその時、わたしの脳裡《のうり》には赤い血の海のイメージがあった。

「ツツジがすごいや」

少年は、真下を見ながら呟いた。

わたしもガラス窓に額をつけるようにして、真下のカルガモのいる堀を見下ろした。周囲に植えられた庭木の中にツツジがたくさんあって、緑の葉が見えないほどぎっしりと花をつけている。濃いピンク、紫、オレンジがかった朱色、そして純白。

ツツジの花をじっと見つめたことなど、初めてだったと思う。真上から見下ろしたその花畑は、あまりにも鮮やかな花色のせいでかえって、造りものめいたよそよそしさがあった。

突然、妙な感覚を覚えてわたしは半歩後じさった。

少年がわたしの左手の薬指を摑み、それを自分の唇に押し当てて舌先で舐《な》めていたのだ。

わたしは咄嗟《とっさ》に声が出ずにいた。指の先端の部分にくすぐったい感覚が蠢《うごめ》いていて、ひどく落ち着かない。

「どうしたの」

わたしはやっと出せるようになった声で訊いた。

「どうしたのかな、君……」

少年は黙ったまま、わたしの指を自分の胸元に押し当てた。

わたしは声をあげそうになった。指の腹に、小さな突起があたる。Tシャツの薄い布地を通して、少年の乳首がはっきりと感じられた。

白昼夢。

わたしにはそうとしか思えなかった。


眼下のあまりにも鮮やかなツツジの花の色だけが、わたしの意識の中心にあった。

わたしは少年に左手の薬指を預けたまま、ただツツジだけを見つめていた。

少年は、ゆっくりとわたしの指を動かし、自分の乳首を刺激している。自慰しているのだ。

少年を突き飛ばしてこの部屋から追い出そう。わたしは何度もそう思いながらもとうとう身動き出来ないまま、石のようにからだを硬くしてそこに立ちすくんでいた。ただ左手の薬指だけが、尖《とが》った乳首を撫《な》でる感触におののいている。そこだけが今、わたしのからだの中で、生きていた。

少年の息づかいが僅かに荒くなった。少年は、わたしの存在など忘れてしまっているかのように、ただじっと東を向いて乳首への愛撫《あいぶ》に没頭していた。

少年は何を見ているのだろう?

瞼《まぶた》すら閉じずに性を楽しんでいるその少年はその時、確かに何かを見ていたのだ。

わたしはツツジから顔を上げ、少年が見つめている先を見た。その視線の先にあったのは、少年が暮らしているというマンションだった。

わたしはふと、そのマンションの部屋の中には少年の母親がいるのだ、ということに思いが至った。

総《すべ》てのことが一度に理解出来た気がした。


小さな、本当に小さな呻《うめ》き声で、ツツジの花のように非現実的な白昼夢は終わった。

わたしは、少年が前を濡《ぬ》らしてしまったのではないかと心配になった。だが少年は、特に気持ちも悪くないようで、わたしの指を離すと何もなかったかのような顔で振り向いて、獣医に払ったお金を後で返すので名刺が欲しい、と言った。

わたしは少年の変化の早さに呆気《あっけ》にとられながら、作ったばかりの名刺を鞄《かばん》から取り出して少年に渡した。

「でもね、お金のことはいいからね」

「いいえ、お返しします」

「いいんだ、本当に。それより……君の名前をまだ聞いていてなかった」

「亮《りょう》」少年は、少しだけ首を傾《かし》げて言った。「……真鍋《まなべ》亮」

「真鍋くんか。あの」

「さようなら」

少年は唐突にそう言うと、ぴょこんと頭を下げた。

「お世話になりました。さようなら」

そして、部屋を出て行った。


わたしは、呆然《ぼうぜん》として少年を見送った。

いつの間にか日は落ちて部屋の中は薄暗くなっている。東に向いてるこの窓からは夕焼けが見えないので、夜の訪れは突然だった。

わたしはベッドに腰をおろすと、まとまらない考えをまとめようと苦労した。だがいくら考えても、何も結論らしい結論などは生まれない。夢だったのだ。夢だから、脈絡もなく唐突で、突飛で、そして美しかった。

＊

滞在予定の三日間で、わたしは見たいと思っていた主要な観光地をそつなく回り、小説の題材になりそうなものをいくつかかき集めた。だが心の中ではずっと、あの少年、真鍋亮のことを考え続けていた。

少年とは二度と逢《あ》えなかった。滞在中に仔猫が退院出来なかったので、その後、亮が白い仔猫をちゃんと引き取ったのかどうかもわからないまま、わたしは京都を離れることになった。

新幹線がホームを滑り出てから、わたしは駅で買った新聞を広げた。京都にいる間は一度も新聞を買わなかったので、東京を出た時から三日振りに社会の出来事と触れることになる。一面から読み進み、いつものように、経済とスポーツの記事を読んでから社会面を開いた。大見出しは全国的な事件ばかりだったが、下欄の小さな記事に地方色が出ている。京都近郊で起こった交通事故や死亡事故の記事。

わたしは、息を呑《の》んだ。

『……発見された乗用車は大破しており、中から乗用車の持ち主である京都市左京区松ケ崎××の真鍋政孝《まさたか》さん（45）とみられる遺体が発見された。現場の状況から、真鍋さんはスピードを出し過ぎていたためカーブを曲がり切れずに転落したものとみられている。事故の目撃者が名乗り出ていないところから、事故は昨夜半から早朝にかけて起こったとみられており……』

単なる偶然なのだろうか。事故が起こったのは、亮がわたしに説明してくれたあの、山中越えと呼ばれている山道らしい。

だが……そうだ、住所が違っている。

わたしは、ガイドブックを取り出し、付録として付いていた京都市の地図を広げた。泊まっていたホテルの位置を指で押さえ、そこから東の方へ指を伸ばして、少年が見ていたマンションの辺りを探す。その辺りの地名は、岡崎、東天王町、となっている。それから新聞に出ていた松ヶ崎を探した。

ホッとした。同じ左京区には違いないが、まるきり離れている。

別人なのだ。真鍋政孝は、亮の養父ではない……

ふっと、背筋に細かな波が立った。

「あの人は絶対に許してくれないと思っていました。あの人は生きているものはみんな嫌いでしたから」

なぜ、過去形だったのだ？

亮は白い仔猫を河原で見つけた日、養父が許してくれないだろうと思ったから連れて帰らなかったのだ。だがその翌日に仔猫を探していたということは、養父に許可を取り付けたからではなかったのか……そして「父」と呼ばずに「あの人」と言った亮の心。

「あの人が好きだったんです。僕のことを乗せて、よくドライヴに行きました」

「道楽だったんです。車にお金ばかり遣ってました」

亮は、養父に関する部分をすべて過去形で話していた。

わたしは眩暈《めまい》に襲われた。

そして、新聞を畳むと瞼を閉じ、座席の背もたれを倒してからだを預けた。

恐ろしい疲労感が襲って来た。

脳裡に、鮮やかな濃いピンク色をしたツツジの花がいっぱいに溢《あふ》れて、ぐるぐると回り出した。

まるで、造りものの血糊《ちのり》でこしらえた地獄の血の池のように、あでやかに。

わたしは、いつもの散歩道をゆっくりと歩いて、公園の中に入った。

七年前と同じに、砂場も滑り台もみな揃《そろ》っている。だが今日は、母子の姿を見なかった。今日だけではなく、この七年間にこの公園で子供を遊ばせる母子の数はめっきりと減ったように思う。

砂場のそばのベンチに腰を下ろすと、川端通り沿いのツツジの植え込みが、公園の柵《さく》越しによく見えた。

＊　＊　＊

少年とは二度と逢えなかった。

京都の山中で起きた交通事故のことなどは、東京ではほとんど報道されない。だがわたしはしばらくの間、真鍋政孝の死に関して新しい報道はないかと新聞を隅から隅まで読む癖をやめられなかった。とうとう、事件にはならなかったのだ。

わたしは夢中になって一冊の長編小説を書き上げた。それはあの、ツツジ色の白昼夢からヒントを得た作品だった。そしてその後すぐに、わたしはこの町に越して来た。この鴨川のそばのマンションに。

なぜそうしたのか、うまく説明することは難しい。様々な理由があったようにも思うのだが、七年も経《た》ってしまった今となってはもう、ただ、真鍋亮にもう一度逢いたかったから、それ以外の理由はどうでもいいことだったように感じている。

だが、少年があの日、自分の家だと指さした岡崎のマンションには「真鍋」という姓の入居者はおらず、山中越えで事故死した真鍋政孝にも十三歳の息子などはいなかった。真鍋政孝の事故は、飲酒運転とスピードの出し過ぎ。事件性は一切疑われずに決着している。

少年を探す方法がないわけではなかった。私立探偵でも雇えば、見つけ出すことは出来ただろう。白い仔猫はちゃんと少年に引き取られて行っており、少年がこの京都の町のどこかに住んでいたことはたぶん間違いがないことだった。

しかし、そうまでして少年を探し出しても、きっと、わたしが逢いたい真鍋亮に逢うことは出来ない。そんな気がしたのだ。

あの年のツツジも遅かった。五月の半ばで満開だった。そして今年のツツジは遅い。逢えるとすれば、今年のような気がした。

わたしは大きく背伸びをするとベンチを立ち上がり、公園を出てツツジの植え込みの前に立った。それも日課なのだ。そのツツジの花の中に蹲《うずくま》っていた小さな白い猫が、今でもそこにいるような気がしてそれをせずにはいられない。

あっ、とわたしは思わず声をあげた。

目に痛いほど鮮やかなツツジの花の海の底に、確かにその猫がいる！

あの日の白い仔猫が。


わたしはしゃがみ込むとツツジの花の中に両腕を差し込んだ。だが、差し込んだ途端にツツジの幻想は消えた。

仔猫だと思ったものは、コンビニの白い袋だった。

わたしはひとりで笑いながら立ち上がった。

そして、笑った顔のまま、硬直した。


真鍋亮がそこに立っていた。

4

少年はもう、少年ではなかった。

七年の歳月が、十三歳の少年を二十歳の青年に変えていた。しかし、面影はそのまま残っていた。あの、胸を高鳴らせるほどに魅惑的な微笑《ほほえ》みを作り出した唇の形も、わたしの記憶の中にあるものと寸分違《たが》わない。

わたしは言葉を探した。だが、見つからなかった。

口を開いたのは亮の方だった。

「お久しぶりです」

あの時と同じように、丁寧で綺麗《きれい》な標準語だった。

「ここに来れば逢えるような気がしたんだけど……まさか本当に逢えるとは思っていませんでした」

「ぼ、僕も」

わたしは深呼吸するように息を吸って心を落ち着かせた。

「君にいつか逢えるような気がして……毎日ここを散歩していたんだ」

「こちらにお住まいになられていたんですね。ちっとも知らなくて……出版社に問い合わせたんですが住所を教えて貰えなかったので……でも今月号の『月刊小説』にエッセイを載せてらしたでしょう、葵祭《あおい》の」

「あ、ああ……」

「あれに、京都に住んでいると書かれていたんで、もしかしたらと思ったんです。それで、今ならあの時と同じ季節だしと思って」

「き、君は今、京都に住んでいないのかい？」

「六年前に家族でニューヨークに渡りました。父が転勤になってしまって」

わたしは衝撃を受けた。

真鍋亮の養父は、健在なのだ。

「先生、コーヒーでも飲みませんか。あのラウンジで」

わたしは頷《うなず》き、亮と肩を並べて歩いた。

懐《なつ》かしい席に座るまで、亮もわたしもほとんど口を開かなかった。

注文したコーヒーが運ばれて来て、ようやく亮は笑顔になると、ショルダーバッグから一冊の本を取り出してテーブルの上に置いた。

それは、わたしの出世作となった、最初の長編小説だった。

あの七年前の午後のことをヒントに、一ヶ月足らずで書き上げた作品だ。

「サインしてください、先生」

亮は笑顔のまま、サインペンをわたしの前に置いた。

「君はこれを、読んだんだね」

「つい最近ですが。ニューヨークの日本語書籍を扱ってる古本屋さんで見つけたんです。いえ、この本は新品ですよ、先生。さっき御池《おいけ》の紀伊國屋《きのくにや》で買って来ました」

わたしはゆっくりと表紙を開き、名前を書いた。

「驚いただろうね」

「ええ」亮は声の調子を少しだけ変えた。「まさか先生が僕のこと……殺人犯だと思っているなんて想像もしてなくて」

「すまなかった」

わたしはペンを置き、本を亮の方に押しながら頭を下げた。

「みな小説家の妄想なんだ」

「わかっています、全然気にしてません。だってこの本だと僕は女の子になっちゃってるし、殺されたのはその子の継母だ」

亮は楽しそうに笑って本をしまった。

「でも素晴らしい作品でした。これが売れて、先生は人気作家になったんですよね。僕がこの作品でいちばん好きなところは、最後に事件の真相を突き止めた主人公の男性が、結局何も言わずにツツジの花を眺めている、っていうラストシーンなんです。これは僕の勝手な解釈なのかも知れないけれど……この主人公は、犯人の少女に恋をしてしまっていた……そう思ったらいけないですか？」

わたしは亮の顔を見た。それから、小声で囁《ささや》くように答えた。

「それで……構わないよ」


亮は眩《まぶ》しそうに目を細めた。そして、溜息《ためいき》に思えるような息づかいをした。

「先生は僕が義父を殺したと思った。車に細工をして、義父が事故を起こすようにしたと。だから僕は、義父の遺体が発見される前に義父の死を知っていた。そしてだから、義父が嫌いだった動物を飼うことが出来るようになったことも知っていて、あの仔猫を探していた。そう、考えた。問題は動機ですよね？　先生は僕が母に恋をしていると考えた。母を奪った義父を憎んでいると。僕があの日……あんな恥ずかしいことをしたのは、母を想像していたからなんだ、と」

亮は、また溜息をついた。

「でも僕の義父は今でもピンピンしています。ごめんなさい」

「いや、わたしは君に対して……」

「いいんです。僕はちっとも気にしてない。ただ、たった一ヶ所だけ、もしこの作品を何かの形でもう一度手を加えて出すことがあれば、直して貰《もら》えると嬉《うれ》しいな、と思うところがあって」

「……どこだい？」

「この女の子が主人公の前で……オナニーしたのは、お父さんのことを想像していたからじゃなくて」

亮は目を伏せた。

「好きになったからだって……初めて逢《あ》った瞬間から好きになったから……主人公のことを」

亮は立ち上がった。

「それだけ、先生に言いたかっただけなんです。お逢いできて本当に良かった。それとこれ、先生の次の作品の材料にでもなるかも知れないんで。僕は明日、ニューヨークに戻ります。まだ学期の途中なんでさぼっていられないんですよ。先生、もしニューヨークにいらっしゃることがあれば、ぜひ連絡してください。封筒の裏に住所を書いておきましたから」

亮はわたしの前に一通の封書を置くと、笑顔のまま頭を下げ、あの日のように唐突に、わたしの前から消えて行った。


わたしは封筒の裏を見た。

高橋……亮……高橋？

真鍋ではないのか……


わたしは焦《あせ》って封を切った。中には写真が二枚。

一枚は白い大きな猫の写真だ。外国らしい芝生の美しい庭で優雅にひなたぼっこしている、白い猫。あの仔猫はちゃんとアメリカまで連れて行って貰えたらしい。検疫《けんえき》は大変だったろう……裏を返すと書き込みがあった。『KM』

それが猫の名前なのだろうか。ケーエム。

あ、そうか。望月健吾《もちづきけんご》。それがわたしの名前であり、ペンネームだ。望月のM、健吾のK。

わたしの名をとってくれたのか。

もう一枚の写真は……七年前の亮。中年の男性と一緒だ。父親？

仲むつまじそうに、男性が亮の肩を抱いている。

わたしは、愕然《がくぜん》とした。

その男性の肩から亮の胸へと回した手の指先が、亮のTシャツの上から、乳首に触れていた。

裏を返した。

『真鍋政孝
僕を裏切ったひと』

あの白昼夢の残像が、七年の時を超えてわたしの脳裡《のうり》に甦《よみがえ》った。

亮は見つめていた。鴨川を越えて、東北の方を。

彼は、自分の家のある建物を見ていたとわたしは思っていた。その建物の中にいた母を想《おも》っていると。

だが……建物のさらに先にあったもの。それは、山。

山の中を続く比叡山への道。

真鍋政孝が死んだ場所。

あの人は生きているものはみんな嫌いでしたから。

生きているものが嫌いだったのは誰だ？　亮の義父？

いいや……

動物が嫌いだったのは、真鍋政孝だったのだ。

そして亮は、その真鍋政孝が、亮の乳首を撫《な》でていたあの男が、すでにこの世にはいないことを知っていた。

自分に猫を飼うことを禁じる可能性があった男、自分を裏切った男、そしてたぶん……その男を想う時、幼い精をほとびさせてしまうほどに、愛していた……

わたしの視線は、さまよってラウンジの外へと漂った。

堀の上を覆《おお》うツツジの海。

鮮やか過ぎる、その赤い色。

女体消滅

澁澤龍彦

澁澤龍彥（しぶさわたつひこ）一九二八年〜一九八七年。

ジョルジュ・バタイユ、マルキ・ド・サドの翻訳、紹介者として知られる。一九五九年に翻訳出版したマルキ・ド・サドの『悪徳の栄え』の性表現を理由に在宅起訴され、以後九年間いわゆる「悪徳の栄え事件」の被告人となった。博覧強記で知られ、美術評論や中世の悪魔学などの多彩なエッセイのほか、晩年は幻想小説に独自の世界を拓いた。

紀長谷雄。きのはせを、と読む。周知のように、菅原道真や三善清行と同時代の漢詩文作者であり文章博士《もんじょうはかせ》である。学九流にわたり、芸百家に通じて、世に重くせられたひとである。没する前に中納言になっているから、紀納言とも呼ばれる。ところで、どういうものか私は昔から、この紀長谷雄というひとがたいへん好きなのである。それも、もっぱら長谷雄という名前のために好きなのだといったら、読者はあるいは奇異の念をおぼえるであろうか。

長谷雄という名前は、むろん、ざらにある名前ではないだろうが、さりとて珍名というほどのものでもないだろう。平安時代の昔にも、ちょっとモダーンな感じのする、末尾に雄の字のつく名前のひとがいないわけではなかった。時代はずっと下るが、室町幕府のころ、南朝の残党として最後まで幕府に抵抗した大和の豪族越智氏のなかにも、越智長谷雄という同名異人がいたらしい。さしあたって思い浮かばないが、さがせばもっと同名異人がいるかもしれない。しかしまあ、そんなことはどうでもよいので、私が長谷雄という名前になんとなく惹かれるものを感じるのは、どうやら無意識のなかで、それが私に男根を連想させるためではないだろうかと思うのだ。男根は古く「はせ」あるいは「をはせ」といった。「をはせ」をひっくりかえせば「はせを」になるではないか。この私の連想は、あまりにも突飛すぎるだろうか。しかし私はべつに冗談をいっているのではない。

『古語拾遺』に、「宜しく牛の宍《しし》をもって溝の口に置き、男茎形《をはせかた》を作りて之に加えよ」とあるのが、「をはせ」の使用例のもっとも古いものだろう。マラ、ヘノコとともに、ハセはもっとも古い陽物の訓読だと考えてよい。

『本朝文粋《ほうちょうもんずい》』の「鉄槌伝」には、「人となり勇捍、能く権勢の朱門を破る。天下号《なづ》けて破勢《はせ》という」とある。ここでは陽物が擬人化されている。朱門はいうまでもなく玉門のことである。

藤原明衡の『新猿楽記』には、「野干《きつね》坂の伊賀専《とうめ》が男祭には、鮑苦本《あわびくぼ》を叩いて舞い、稲荷山の阿小町が愛法には、鰹破前《かわらはせ》を鼿《うせ》て喜ぶ」とある。『土佐日記』にも出てくるように、「あわびくぼ」は貝殻のアナロジーで、やはり玉門のことである。「かわらはせ」は私にもよく分らないが、或る種の魚が男根に似た形をしているのをいったのではないだろうか。テキストによっては「かわら」でなくて「かつお」になっているものもあり、群書類従では「かわら」だが、岩波の日本思想大系では「かつお」である。「うせる」という動詞は今日では完全に死語となっているが、けものが鼻で物を動かすことをいう。この文章は要するに、西の京に住む芸人の右衛門尉一家のなかの六十歳になる好色な老女が、祭礼の場面で示す狂態を描いたものだと思えばよいだろう。

あるいは破勢と書き、あるいは破前と書くが、つまりは男根のことであって、平安時代の漢詩や漢文には、こうした猥語に属するヴォキャブラリーが、私たちの想像以上に頻出していることに注意しておく必要があろう。王朝貴族の性生活はそれほど上品で優雅なものではなく、むしろ猥雑というか、烏滸《おこ》というか、さらには豪放と呼んでもよいような性格のものであったということを強調しておきたい。私はひそかに思うのだが、はたして紀長谷雄自身、おのれの名前が男根に通じるということを意識したことはなかったであろうか。あるいは長谷雄の周囲の詩文をつくる友人たちが、そのことを笑談の種にしたことはなかったであろうか。

もとより、長谷雄という名前にはちゃんとした由来があるのであって、『三国伝記』の記述によれば、父貞範が長谷寺に祈願して得た子であるため、そのように名づけられたとされている。いわば長谷観音の申し子だったから、長谷雄自身も長谷の利生を信仰していたのは当然というべきで、『江談抄《ごうだんしょう》』や『今昔物語』の記述によれば、彼は死の直前、大納言の地位をのぞんで長谷寺に祈願したということが知られている。しかし由来がどうであれ、本人の信仰がどうであれ、ハセという音が私に破勢あるいは破前を連想させることに変りはなく、それを本人が一度も意識したことがなかったとは、ちょっと考えられないような気が私にはするのである。

おもしろいことに、長谷雄は『雑言奉和《ざつげんほうわ》』所収の七言詩の序のなかで、みずから発昭と称している。『菅家文草《かんけぶんそう》』には発韶とあり、『江談抄』には発超とある。ハッショウあるいはハッチョウと読ませるのか、それとも促音を省略してハショウと読ませ、ハセヲに通じさせるのか。もし発昭に準じて長谷雄をハショウと読むならば、残念ながら男根を意味するハセの音からはずいぶん遠ざかることになるだろう。これではだれが聞いても男根などを連想する余地はあるまい。もっとも、一般に反名《かえしな》といって、自分の名前の音や訓を利用して中国ふうの変名をつくることは、当時の文人趣味の流行だったようだから、長谷雄が変名を用いたこと自体に、それほど特別な意味を求める必要はないような気もする。長谷雄はべつに自分の名前が恥ずかしくて、変名を使ったというわけでは決してあるまいし、私としても、そんなことはとても考えられないのである。

いずれにせよ、後世のはなはだ浅学にして気まぐれな読書人であるにすぎない私には、「はせを」はどうしても「をはせ」に通じるように見えるのであり、「をはせ」をひっくりかえせば「はせを」になるような気がして仕方がないのである。けだし、こういうのを妄想というのであろう。固定観念というのであろう。

＊

後世の説話では、紀長谷雄はしばしば怪異譚の主人公とされている。その点では、同じ王朝時代の文人として吉備真備や小野篁や都良香や、あるいは源博雅あたりに近いキャラクターといえるかもしれない。自分でも『紀家怪異実録』というのを書いていたくらいだから、もしかしたら生前から、そういう方面にはとりわけ造詣がふかく、霊異を感じる素質にめぐまれていたのでもあろうか。霊異、すなわち現代ふうにいえば超常現象である。鬼に出遭ったり霊人を見たりするエピソードには事欠かないが、それらのなかでも、ちょっとエロティックな味わいがあって、いかにも「はせを」と名のる人物にふさわしいように思われる出色のエピソードは、美しい絵巻物として知られる『長谷雄草紙』のそれであろう。私が長谷雄を愛すると前に書いたのも、むろん、一つには、この絵巻物あるがためなのである。

私は『長谷雄草紙』の内容をそっくりそのままの形で、ここに再構成しようとは思わない。そうかといって、みだりにこれに潤色をほどこす気もない。私にとって不必要と思われる個所はばっさり切り捨てて、或る場面から先は、原文とはまったく離れたおもむきのものにしようという気があるだけである。どんなものになるか、それはいまのところ、私にもさっぱり分らない。とにかく書いてみよう。

或る日の夕ぐれがた、長谷雄が参内しようとしていると、眼光炯々《けいけい》として、ただならぬふぜいをした見知らぬ男が不意に訪ねてきて、こういった。

「どうも退屈で仕方がありませぬゆえ、双六《すごろく》でも打ちたいと思いましたが、あいにくのことに、相手がおりませぬ。私の腕前に釣り合うだけの相手は、殿さま以外にはないと愚考いたしまして、ぶしつけをも顧みず、ここに参上いたしました次第でございます。」

へんなやつだな、と長谷雄は心中に思ったが、ためしてみるのも一興だと考えて、気をゆるさずに、

「ふむ。それはおもしろい。して、どこで打つのじゃ。」

「ここでは具合がわるいのではございませぬか。よろしければ私めのところへ、どうかお越しくださいませ。」

男に誘われるままに、牛車にも乗らず、供のものも具せず、長谷雄はただひとり、いましも参内しようとしていた仰々しい束帯すがたのままで、男のあとについてゆくと、やがて朱雀大路の北のどんづまり、内裏の正門たる朱雀門の下にきた。上を見あげて、男はいった。

「この門の上へおのぼりくださいませ。」

「この恰好では、なかなかのぼれぬわ。お前、手をとってくれぬか。」

「こころえました。」

楼上にのぼって対座すると、さっそく双六盤と骰子筒《さいころづつ》とを揃えて、男が切り出す。

「賭けものは何にいたしましょうか。もし私が負けましたら、殿さまのお心に、顔もすがたも心ばえも、一つとして足らぬところはないとおぼしめされるような、絶世の美女を差しあげたいと存じます。殿さまがお負けになりましたら、私めに何をくださいますか。」

「おう。わしは、わしの所持している財宝という財宝を一つ残らず、お前にくれてやろうぞ。」

「よくぞおっしゃいました。しからば一戦。」

かくて対局がはじまった。ここでちょっと、あらずもがなの説明をしておくと、この当時の双六は、もちろん現今の双六とは大いにちがう。白黒それぞれ十五個ずつの駒を、十二の枡目が二列にならんだ盤の上に配置し、骰子筒に入れた二個の骰子をふって、その出た目の数だけ駒をすすめ、十五の駒がすべて、早く相手方の陣にはいったほうが勝ちとなる。駒をすすめてゆく過程で、かなり複雑なルールがあり、相手の駒を取ったり取られたりもする。博戯《ばくぎ》といわれるように、それは申すまでもなく一種の博打であった。

どういう風の吹きまわしか、打つほどに長谷雄は勝ちに勝った。男はくやしがって、双六盤の上に身をのり出し、躍起になって骰子筒を盤にたたきつけているうちに、いつしか本性があらわれたか、見るもおそろしげな鬼のすがたに一変していた。しかし形勢はすでに明らかである。長谷雄は心のうちで思った。なあに、たとえ鬼だとしても、勝ってしまえばこっちのものだ。相手を鼠だと思えば、ちっともこわいことはないぞ。

ついに長谷雄が勝って、長い対局はおわった。すると男はふたたび、もとの人間のすがたにもどっていた。さすがに、ほっと溜息をついて、

「やれやれ、もうなにも申すことはございませぬ。こんなはずではなかったのですが、それにしても、手ひどく負けたものでございますな。追って、約束のものはお届けいたしますゆえ、なにとぞお心にお留めおきください。」

こうして二人は朱雀門から下へ降りた。夜はすっかり明けはなたれていた。

あさましいとは思いながらも、約束の日がくると、長谷雄は心落着かず、気もそぞろになった。邸内に客を迎える用意をして、立ったりすわったりして待っていた。さて、どんな女があらわれることか。

夜がふけると、くだんの男、光るがごとくなる美女を伴ってきて、長谷雄の前にすすみ出

た。男のうしろに顔を伏せてひかえる女は、こちらからでは横顔しか見えないが、どうやら想像をはるかに上回る美女と踏めた。桜襲《さくらがさね》の裳唐衣《もからぎぬ》の装いして、黒髪を長々とうしろに引きずっている。長谷雄、ひときわ感にたえて、

「この女を、すぐにもわしにくれるというのか。」

「もちろんでございます。双六に負けて約束をしました以上、いますぐ差しあげますし、今後とも、返せなどとはさらさら申す気はございませぬ。ただし、今宵より百日を過ごしてから、親しくお睦み合いなされませ。もし百日のうちにお手をつけられますならば、必ずやお悔みになることになろうかと存じます。」

「よく分った。きっとお前のいう通りにしようぞ。」

男はそれなり帰ったが、長谷雄の狐疑逡巡《こぎしゅんじゅん》と懊悩の日々がはじまったのは、この時からである。

最初のうち、長谷雄は夢でもみているのではないかと思った。ついうかうかと鬼のいうことを真に受けてしまったが、よくよく考えてみると、いかになんでも、話がうますぎるのである。それに第一、相手は鬼である。いったい、鬼のいうことを頭から信用してよいものだろうか。女はいかにも﨟《ろう》たけた美女に見えるが、はたしてあれは本当に人間の女なのか。もしかしたら、狐が美女に化けているのではないだろうか。そうだとすれば、迂闊にこれと契りでもしようなら、やがては精気を吸いとられて病みおとろえ、ついには死ぬことにもなりかねまい。美女に化けた狐に精気を吸いとられて死んだという愚かな男の例は、唐国といわ

ず本朝といわず、これまでにいくつとなく知られているではないか。

いや、狐ではないまでも、あれが素姓の正しい女であるかどうかは大いに疑わしいといわねばならぬ。さしずめ西の京あたりに出没する傀儡《くぐつ》か夜発《やほち》か、さもなければ河陽《かや》の遊女か、そんな稼業の女がうまく鬼にいいふくめられて、わが家に連れてこられたのではないだろうか。そうだとすれば、いかに上べは品のある上﨟のように装ってはいても、一皮ひんむきでもしようなら、たちまち化けの皮があらわれるというものだ。それとも、あの女はお上の目をのがれて、ひそかに巷間に淫をひさぐ内教坊《ないきょうぼう》の妓女か、さては采女《うぬめ》のたぐいでもあろうか。それならそれで、こちらにも応対のしようはあろうというものだ。いやいや、そんなばかなことがあってよいものか。古来、鬼は必ず約束を守るという。どういう素姓のものかは知れぬが、あれはやっぱり高貴な生まれの上﨟にちがいあるまい。そう思うことにしようではないか。

長谷雄はまるで唐渡りの鸚鵡か孔雀か、珍種の動物でも飼うように、あの日以来、女を母屋《も や》から離れた泉殿に置き、そのまわりをうろうろと歩きまわって一日を過ごすようになっていたが、たまたま前栽《せんざい》のうしろからのぞき見をしたりすると、いつも女が几帳《きちょう》のかげに端然とすわったなり、一分の隙さえ見せていないのにはつくづく驚かされた。あれはそもそも生きているのだろうか、もしかしたら生命のない人形ではあるまいか、と疑ったことさえあった。

或るとき、長谷雄はみずから双六盤と骰子筒をかかえて、長い渡廊《わたろう》から泉殿へ足を運んだ。

簀子《すのこ》をまわって、格子のかげから、

「毎日ひとりで退屈ではないかな。たまには双六でも打って、遊ぶのはどうじゃ。」

返事がない。

「おいおい、聞えないのか。双六で遊ぼうといっているのじゃ。打ちかたを知らなければ教えてつかわす。」

長谷雄がそういうとひとしく、

「遊ぶ必要なんかありませんわ。うるさいから、あっちへ行って。」

つれない言葉が、たとえようもなく美しい声にのって、格子の向うからひびいてきた。長谷雄は茫然として、あやうく双六盤を簀子の上に取り落しそうになったほどである。頻伽《びんが》という鳥の声を実際に聞いたことはないが、卵の中にあれども、その声、諸鳥にすぐれたりという、あの頻伽の声もかくばかりかと長谷雄は思った。少なくともその時は声を聞いただけで満足して、彼はそのまま泉殿から引きあげた。

また或るときには、こんなこともあった。いつも檜扇で用心ぶかく顔をかくすか、屛風や几帳のかげにつつましく端座しているかして、女は容易に顔を見せてくれない。考えてみると、まだ一度も女の顔をまともに見たことがないことに業を煮やして、或る夏の夜、長谷雄は女の寝顔をこっそり見てやろうと思ったのである。一つには、女が同じ屋根の下に寝ているかと思うと、どうにも気になって寝つかれず、毎夜のように輾転反側《てんてんはんそく》していたためもあったであろう。

長谷雄は起きなおると、紙燭《しそく》をとって、まっくらな渡廊に足音をしのばせた。べつに悪いことをしているわけではない、あれはおれの女なのだ。双六に勝つという正当な権利をもって鬼から譲り受けたところの、おれの所有に属する女なのだ。ただ百日間、手をつけないという約束を守っていさえすれば、あとはどうしようとおれの勝手なのだ。いずれはおれのものになるときまっている女の顔を見て、どこが悪いというのだ。なにもびくびくすることはないぞ。そんなことを口のなかでつぶやきながら、長谷雄は渡廊をわたり、泉殿にきて、音のしないように妻戸をそろそろあけた。

紙燭をかざすと、女の寝ている場所はすぐに分った。枕もとに屏風が引きめぐらされ、足もとに二階棚がある。暑いからだろう、女は素肌に生絹《すずし》の単衣《ひとえぎぬ》を着、袴をつけただけの思いがけないくだけたすがたで、衾《ふすま》もかけず、こちらに顔を向けて眠っている。おびただしい黒髪が枕を越えて流れるように氾濫し、その黒髪の川のなかに浮かんだ一つの漂流物のように、小さな白い顔が見える。その白い顔を紙燭の光のなかで確認して、長谷雄は思わず、あっと声をあげそうになった。

匂うばかりに若々しい、それはまだ童女というに近い女の顔であった。それでも十四、五にはなっているのだろうか。ふっくらした頬は桃の実のようで、そのあいだに小さな赤い唇が力みをおびて引き緊まっている。眠っているので、伏せた濃い睫毛が頬に煙るような翳りを添えている。眉のあたりも青ずんで打ち煙っている。これで目をひらいたら、さらにどんな瞳の魅力が加わることだろうか。まさに蛾眉《がび》嬋娟《せんけん》を絵に描いたようで、これ以上愛くるしい顔はこの世にあるまいと長谷雄は思った。

　見るべからざるものを見てしまったような気持で、長谷雄はふたたび足音をしのばせて母屋にもどると、眠れぬままに、切り燈台の火をともし、文机の前で物思いにふけりはじめた。短い夏の夜とはいえ、まだ明けるには時間があった。

　長谷雄は必ずしも名うての遊び人というわけではなかったけれども、それでも人並みに、なにがしかの女の経験は積んでいる。歌詠みとして知られた後宮の女房をくどいたこともあれば、高名の大臣と死にわかれて受戒した下げ尼と関係したこともある。金で買える遊女や傀儡を邸にひき入れ、もっと刺激の強い、醜悪さと紙一重の情事をこころみたこともないわけではない。したがって、女の肉体への幻想がまったく涸れつきたというわけではないにせよ、いまさらこれに取りのぼせて、われを忘れるというようなことは万々ありえまいと自分では思っていた。いかに偃仰養気《えんぎょうようき》の態を能くし、琴絃麦歯《きんげんばくし》の徳をそなえ、竜飛虎歩《りゅうひこほ》の用をなすに妙をえた女といえども、所詮は五十歩百歩ではあるまいかとひそかに考えていた。

　また長谷雄は当時の最高の知識人として、舶載された漢籍のことに精通していたのはいうまでもないが、おのれひとりの楽しみのために、とくに房中術の書に凝った一時期があった。房中術、すなわちアルス・アマトリアである。その方面の文献の蒐集では、典薬寮にもおさおさ劣るまいと長谷雄は自負していた。げんに、ついそこの御厨子棚には、巻物や冊子の形をしたあまたの典籍とならんで、遣唐使の船とともに渡ってきた『玉房秘訣《ぎょくぼうひけつ》』『玄女経《げんにょきょう》』『洞玄子《どうげんし》』などの貴重な写本がずらりと揃っている。以前にはよく手にとって、興味のおもむくままに夜を徹して読みふけったりしたこともないではないが、近ごろではさっぱり御無沙汰している。それというのも、それらの書は結局、どれもこれも似たような行文で、あまり意味があるとも思えない些末主義に支配されているような気がしてきたからだ。性の実践とひとしく、どうやら性の理論にも限界があるらしいことをさとったからだ。

長谷雄は頭をふって、紙燭の光のなかで見た童女のまぼろしを追いはらおうとしたが、その動作はかえって、あやしいまぼろしを強く脳裡に焼きつけることにしかならないようであった。こんな悩みはとっくに卒業したつもりでいたのに、とんだところに落し穴があったわい、と彼は思って苦笑した。

それから急に気まぐれを起して、御厨子棚に積んである典籍のなかから『玉房秘決』を抜き出し、任意にこれをひらいて読み出した。

「女を御せんと欲せば、すべからく少年《わかき》を取るべし。いまだ乳ふくれず、肌肉《きにく》多く、絲髪《ほそかみ》にして、眼《まなこ》小さく、眼精の白黒の分明なる者。面体濡滑《なめら》かに、言語、音声は和調《ととの》い、しかも下は、その四支の百節の骨はみな、肉の多きに沒《かく》れしめて、骨の大ならざるものを欲す。その陰と腋の下は、毛あらしむるを欲せず。毛あるも、まさに細く滑かならしむべし。」

驚いたことに、このどうということもない行文を読みすすめるうち、長谷雄は股間の陽物が、いきなりなんの前ぶれもなく、勃然としておえかえりはじめるのをおぼえるのだった。そいつはわずか三段階ないし四段階の脈動で、ただちに下腹を摩するまでに、一気にむくむくと起きあがった。すでに中年をすぎている彼としては、近来にない珍現象というべきである。

　長谷雄は下袴の紐をといて股間を露出させると、われながらあきれたように、この突然の憤怒に色をかえ、反りを打ってふるえる自分の肉体の一部をしげしげと眺めた。そいつは孤峰のごとく、峭乎《しょうこ》として毛中にそばだっていた。容易なことでは鎮静しそうもない勢いである。

　しょうことなしに、彼はぶざまに直立させたままの恰好で、あてどもなく母屋や廂《ひさし》のなかをうろつき出した。どこでもいい、穴があったら嵌入《かんにゅう》させたい切羽つまった気持なのだが、あいにくのことに、そんな都合のよい穴がおいそれと室内に見つかるわけはないのである。外気にさらせば萎えるのではないかと、夜が暗いのをさいわい、思いきって簀子にまで出てみたが、どうしてどうして、一度立ったものはなかなか萎えるどころではない。

　勾欄に手をかけ、闇を透かして眺めると、かなたにぼんやり泉殿のあるのが分る。あそこにくだんの女がいるのだ、と長谷雄は思った。あそこにはひとりの少女がいて、手つかずの琴絃麦歯を袴の下に擁しつつ、すやすやと安穏に眠っており、こちらにはひとりの男がいて、やり場のない鉄槌を撫しつつ、寝もやらず煩悶しているのかと思うと、長谷雄には、この人の世のありようが、いかにもおかしく理不尽に思えてならなかった。

＊

こうして二十日が過ぎ、三十日が過ぎ、四十日が過ぎた。そのあいだ、長谷雄は幾度となく手段を弄して女に接近しようとこころみたが、その都度、体よくあしらわれて、目的を達するまでにいたらなかった。むろん、鬼の忠告を片時も忘れていたわけではなかったから、かりにも甘言や暴力をもって、女を犯そうなどと考えたりしたことは一度もない。ただ一緒に双六を打つとか、箏のこと、琵琶のことを弾じて遊ぶとか、そんなたわいのない遊びの話を持ちかけてみたまでである。しかるに、女は遊びという遊びにまったく関心がないかのごとくであった。

夜になると、長谷雄は泉殿まで、女の寝顔をのぞきにいきたいという欲望がむらむらと頭をもたげてきて、矢も楯もたまらなくなるのだった。昼間はあれほど細心に顔をかくして見せない女が、どういうわけか、男の目から寝顔をかくすことには、それほど気を遣っているようにも思われなかった。眠るとひとしく、恥じらいも消えるのだろうか。もしかしたら、わざと寝顔だけを見せて、男の欲望をそそり立てようとしているのではないか。疑えば疑えないこともないような、解しかねる女の態度であった。

ともあれ女の寝顔を間近に見ることによって、長谷雄の想像力はほとんど無限にふくらんだ。それとともに、近時、意のままにならぬこともないではなかった陽物の運動も、はなはだ敏活をえるようになった。眠られぬ夜、長谷雄は瞼の裏に、好んではだかの少女の千姿万態を思い描いた。房中術の説く体位には、『玄女経』によれば九法があり、『洞玄子』によれば三十法がある。その一つ一つを少女のはだか身にあてはめていれば、百日あろうと二百日あろうと、決して長すぎるということはない。もっともみだらな、もっとも破廉恥な、もっとも道はずれな体位こそ、あの童女にも見まがう女にはふさわしかろう、と長谷雄は思うのだった。

彼が一つのパラドックスにようやく気がついたのも、このころのことである。そもそも女と接触することをえず、女から一定の距離を置いていたればこそ、このように自由に奔放に空想をふくらませ、かつ陽物を生き生きと運動せしめることができるのではないか。とすれば、鬼に禁じられた百日間は、快楽の花を萎《しお》れさせず、いつまでもこれを新鮮に保つための、必要欠くべからざる手つづきだったということになる。もしただちに女と接触していたら、快楽の花はとっくに萎れていたであろうし、これをふたたび蘇らせることも不可能だったにちがいない。どうやら鬼の禁止のおかげで、自分はふしぎな快楽の花を一輪、手に入れることができたような気がしないでもない。

と同時に、長谷雄は前に房中術の書のなかで読んだことのある、おそろしげな鬼交という言葉を思い出して、いささか不安になった。あらためて読み直してみると、『玉房秘決』には次のようにあった。

「采女云う、何をもって鬼交の病あるか。彭祖《ほうそ》いわく、陰陽交わらず、情欲深重《たかぶ》るにより、すなわち鬼魅《みい》りて、像《かたち》をかりて之と交通《まじわ》る。之と交通るの道は、それ人より勝るあり。久しく交わらば、迷惑《まど》い、いつわりて之を隠し、あえて告げで、もって佳しとなす。故に独り死するに至るも、之を知るものなし。」

彭祖によると、鬼に魅入られたものは像、すなわち幻影を相手に交わるという。しかも幻影と交わるのは、人間を相手にするよりもはるかに激甚な快楽をもたらすという。そして、その快楽のはげしさとうしろめたさのためか、ひとは往々にしてこれを秘し、秘したままだれにも知られずに死ぬことがあるという。あまりにも激甚な快楽のために、その身をたちまち憔悴させてしまうのであろう。

ひょっとすると、あの女は鬼がつくり出したところの、人間のすがたに似せた幻影ではないだろうか。あの頻伽のそれのような玲瓏たる声も、あの桃の実のようなふっくらした頬も、あの流れるようなおびただしい黒髪も、ことごとく実体のない、いわば煙のようなもの、水のようなものにすぎないのではないだろうか。そして、もしそうだとすれば、幻影の女の寝ている顔をぬすみ見ては、そのはだか身を脳中に思い描き、あろうことか、ほしいままに陽物をおえかえらせさえしているこのおれは、幻影の幻影を相手にしているということにはならないだろうか。幻影の幻影。これをしも鬼交と呼ぶべきかどうか。長谷雄はついに、こんなスコラ的なことまで考えるようになっていた。

こうして五十日が過ぎ、六十日が過ぎ、七十日が過ぎた。そして八十日目がやってきた。それでもまだ鬼のいう百日には、二十日も足りないのである。

八十日目の夜も、長谷雄は例によって、ひそかに紙燭をかざして泉殿へわたり、あどけない女の寝顔をむさぼるように眺めるという楽しみにふけった。そのとき、これまでついぞ思い浮かばなかった、新たな考えが不意に彼に心にきざしたのである。すなわち彼はこう思った。女がこれほどよく眠っているのだから、その裳裾をひらいて、彼女の下半身の秘所をこっそり眺めたとしても、よもや気づかれることはあるまい。眺めるだけなら、鬼との約束をやぶったことにもならないだろう、と。いままでどうして、このことに考えおよばなかったのかと思うと、むしろそれがふしぎでさえあった。

女房装束の下半身くらい、わけの分らぬものは世にもあるまい。張袴の下に下袴があり、その袴と袴のあいだには帯だの紐だのがこんぐらかって、じつに紛糾錯雑をきわめているのだ。むろん、当時は寝巻などは用いないから、昼に着ているものと夜に着ているものとはほぼ同じである。長谷雄は息をはずませ、額にじっとり汗すら浮かべて、その目もあやな絹の重なりと格闘しているうち、不覚にも頭がぼうとなって、目がちらちらしてくるのをおぼえた。女は知ってか知らずしてか、うっすらと閉じた貝殻のような瞼の下の目を一度もあけなかった。

長谷雄の厚かましい手で、ようやくにして光のもとにひんむかれた女の下半身は、まず玄妙な光景としかいいようがなかった。

こんもりとした丘に、あるかなきかの莎苗《しゃびょう》が茂り、なだらかな丘の斜面は両腿のあいだに流れ落ちて、そこに一つの奥深い谷間を形づくっている。両腿を締め合わせていても、その谷間の溺孔がなお露見するのは、明らかに少女めいて丹穴が前を向いている証拠であろう。おそらく、ちょっと手を添えさえすれば、さして両腿をひらかずとも、溺孔のあいだから桃色の鶏舌だってのぞくだろう。

眺めているうちに、長谷雄は咽喉がからからになって、いよいよ目がかすんできた。かくてはならじと目をこらしつつ、そっと両手を女の腿のあいだに差しこんで、思いきってこれを左右に分けひらいた。いまや朱門が彼の眼前に、つい鼻の先に、まともに眺められる位置にきた。彼は眺めた。

と、驚くべし、女の身体がたちまち透き通って、朱門の奥にまた朱門あり、そのまた奥にまた朱門あり、あたかもお稲荷さんの鳥居のごとく、朱門がずらりと打ち重なって、奥深くまで無限に連続しているのが見えるではないか。いったい、この女の朱門は何重の入れ子構造になっているのか、長谷雄にはまるで想像もつきかねるのだった。

幻影の幻影。長谷雄はまた、この言葉をちらりと頭のすみで思い出した。どこまでが幻影で、どこからが実体なのか。朱門を一つ通り抜けても、あるいは二つ通り抜けても、なかなか女の実体には到達しそうもない。実体は無限の奥にあるのだろうか。それなら女に手をつけるというのは、どこまで朱門を突破することを意味するのか。

長谷雄は混乱した頭で思考を追いながら、すでに熱くなって直立しているおのれの陽物を、下袴のなかで、そっと右手に握ってみた。下袴の紐をといて、そいつを外に出してみた。鬼との約束がどうであれ、幻影の限界をたしかめるためには、どうしてもこいつを朱門のなかに押し入らしめねばなるまいぞ。そう覚悟をきめて、ままよとばかり、彼は女体の上に乗りかかると、まず陽鋒を浅くのぞませ、第一の朱門を軽く突破しようとこころみた。

とたんに、陽鋒がひんやりと冷たいものにふれた気がして、長谷雄は思わずぎょっとした。

いや、陽鋒ばかりではなく、長谷雄の袴といわず直衣《のうし》といわず、いつのまにか身体中がびっしょりと水びたしであった。女体は消滅して、すべてが水になっていたのである。もはや幻影も実体もあったものではない。いままで女の着ていた着物だけが、濡れそぼってぺしゃんこになって、畳の上に残っているばかりであった。

廃屋《はいおく》

高木彬光

高木彬光（たかぎあきみつ）一九二〇年〜一九九五年

第一高等学校から京都帝国大学に進み、学生時代を京都で過ごした。一九四八年、神津恭介初登場の『刺青殺人事件』で華々しくデビュー。一九五〇年、『能面殺人事件』で探偵作家クラブ賞を受賞し、『人形はなぜ殺される』、『成吉思汗の秘密』、『白昼の死角』など、多彩な作品を発表する。百谷弁護士、近松検事、霧島検事と探偵役にも工夫を凝らした。

僕が迷信や、妄想《もうそう》に、捕われるような男でないことは、君もよく知っていることと思う。いったい、妖怪《ようかい》や幽霊などというものは臆病者《おくびょうもの》が心の中で、自ら描き出し、自ら作った幻影に、脅《おび》え戦《おのの》く結果にすぎない、というのが、僕のたえて変わらぬ信念だった。そうでもなければ、僕もあの廃屋には、恐らく足をふみ入れることもなかったろうし、したがって、君にこのようなことを伝えるようになろうとは、全く思いもかけなかったのだが……

しかし今では、僕は自分の五官を信ずることができない。夢と現《うつつ》とは、いまやその境を越えて、たがいに入れかわり、僕は今まで不動と思っていた現実をも、信ずることはできないのだ。物質界の理法をはなれ、我等の常識を超越し去った、一つの世界が、あの窓から開いているのではないだろうか。

こう書いたところで、僕が気が変になったのではないかと、よけいな心配だけはしないでくれたまえ。もろくはかないものには違いないけれど、僕の精神にも、それを宿している肉体にも何の異常も感じていない。下宿の小母さんなど、僕のそぶりがおかしいなどと、このごろよけいな心配をしているが、僕にいわせれば、自分たちの方がかえって、どうにかしているのじゃないか、といいたくもなる。しかし君なら、あるいは分かってくれるのではないだろうか。こう思って、僕はこの手紙を君にあてるのだ。笑わずに、最後まで読んでくれたまえ。

君はあの廃屋を知っているだろう。この町の高等学校の哲学の教授が、好んで逍遥《しょうよう》したというので、僕たちが『哲学の道』と呼んでいた、この流れに沿った小道のあたりの、あの物さびしい廃屋なのだ。

桜の雲が、流れに薄紅《うすべに》の影を落とし、春風にさそわれた、その花びらが音もなく、水面に散りかう春の夕べは、そよ風に頬《ほお》をなぶらせ、団扇《うちわ》片手に涼を追って、蛍の光の点滅するのを眺めた夏の宵涼みに、黄や紅《くれない》に色づきはてた病葉《わくらば》の、舞いおりて来る秋の日に、そのあたりの興趣は、しばらく僕の足を止めてやまないものがあったのだが……僕があの家を訪れて、一夜をめで過ごしたのは、二、三日前、仲秋明月の夜のことだった。

君もおぼえているだろうが、あの夕方の太陽は、僕が今まで見たこともないほど真赤な色だった。何十万人という人の鮮血をしぼりつくして、何度も何度も、蒸溜《じょうりゅう》しつづけて、最後に残った一滴を、一刷毛《ひとはけ》なすりつけたなら、あんな色になるのじゃないか……

そう思われるほどの真紅《しんく》の夕日だった。その光を受けて、灰色の岸の岩肌さえもまた、赤紫に輝いていた。御影石《みかげいし》の岩にふくまれた、石英の一粒一粒が、ルビーの砂をまきちらしたかのごとく、僕の眼に、赤い光と影をきらきら投げかえした。

秋の夕《ゆうべ》の鰯雲《いわしぐも》も、緋色《ひいろ》と朱色と鴇色《ときいろ》に染められつくしていや高く、その夕映えをうつしている、流れのしずかな水面も、上気したような紅に染められていた。かすかにかすかに、立ちのぼって来る夕霧は、焔《ほのお》と燃える火の河から、吹き上げて来る、灼熱《しやくねつ》の蒸気かと思われるばかりであった。

しかし、子供の流す笹舟《ささぶね》さえ、あの廃屋のあたりまで来ると、急に方向を変じて必死に向こう岸へ流れつこうとしていたのだ。その辺までは、水面を滑って、舟のあとを追いかけて来た赤蜻蛉《あかとんぼ》も、あの家に近づいたと思うと羽をひるがえし、舟からはなれて高く虚空《こくう》に舞い上がった。

そのかわり、あの付近には、物すごい蚊柱《かばしら》が、いくつもいくつも渦《うず》まいていた。近づくにつれて、その群舞をかき乱された、蚊の群れは、前からも横からも、何十匹何百匹となく、私の顔にも手にも襲いかかった。払ってもはらっても、入れかわり、立ちかわり、むらがりついて来るその流れ。僕はこれまで、あれほどの蚊の大群には、一度も会ったためしがない。

流れをよぎって、かけられている木の橋も、ほとんど腐りきっていた。人一人、わたす力も残っていないようにさえ、思われるくらいであった。

青い苔《こけ》と、白い不恰好《ぶかっこう》な茸《きのこ》の、一面に咲き出している細い丸木は、私の足下で軋《きし》みしなっていた。靴底にふみにじられた、いくつかの茸の流し出した粘液は、私の靴を滑らせて、私の体を深い流れの底へ、誘いこもうとしていたのだ。

何年か、人の出入りをとざしていた、野茨《のいばら》の茂みの中に、半ば崩れた門柱の、二本の赤煉《あかれん》瓦《が》の残骸《ざんがい》が立っていた。風も雨も、他の場所よりは、もっとはげしく、速やかに、この家を責めつくしていたのだろうか。

漆喰《しっくい》は白い粉を吹いて、もろく煉瓦にこびりつき、軽く一押ししさえすれば、いまにも僕の足もとに、千々に砕けて散ろうとする。

茨の中に咲く野薔薇《のばら》、その美しい一輪は血に染められた斜陽の一滴が、地上にしたたり落ちて、砕け開いたように、私の目にはげしく焼きつく。

この夕《ゆうべ》、地上の基色はすべてみな、赤一色であるのだろうか。

そういえば、繁みを蔽《おお》う銀色の繊細な巣の中央に、八本の細長い肢《あし》を横たえて、座を占めている、女郎蜘蛛《ぐも》の色さえ、血のような紅――しかもその蜘蛛もまた、眠れるごとく、肢一本、動かそうとはしなかった。

このまわりは、清らかな流れをめぐらしやわらかな山の連なりに抱かれた、物しずかな一帯の住宅地とは、切りはなされた、一つの別天地かと思えた。そのあたりは、たしかに空気もよどんでいた。おそろしい瘴気《しょうき》といわんばかりであった。手入れせぬ庭に、人の背丈を越えて、すさまじいばかりに高く生い茂る、雑草の放つ狂わんばかりの草いきれが、この草叢《くさむら》に人知れず、屍《しかばね》を埋めた小動物の屍臭《ししゅう》と混じて、このような重苦しい、妖気《ようき》をただよわせているのだろうか。

何となく、僕の五官は、物憂《ものう》いしかし快い、放心状態にさそわれて行ったが、頭脳の働きだけは、決して麻痺《まひ》していなかった。僕はその瘴気《しょうき》を払いのけようと、二度三度、目の前の空気を大きく手ではらって、あの家をじっと見つめたのであった。

流れを隔てて対岸から、この家を眺めて通りすぎたことは、これまで幾度もあったのだが、この橋を渡って家を目の前にしたことは、いままで一度もなかったのだ。

二階建て、古い、だが宏壮な建築だった。英国の荘園などに見るような、傾斜の急な大屋根と、鋭い破風《はふ》を私は見た。鼠色《ねずみいろ》の薄いスレートは、一枚一枚と、いつの間にか滑り落ち、所々に透《す》いて見える、屋根の地肌がいまにもまた、口を開かんとする古傷のように、いたましく、かつ物すごいものだった。

窓ガラスも、一枚として、完全でない。破れ砕けて、失われた窓枠の中に、灰色の壁を一面に、深く蔽《おお》いかくし埋めた、蔦葛《つたかずら》が、貪婪《どんらん》な吸血動物の触手のように、所きらわず忍びこみ、姿をかくして這《は》いまわり思いもかけぬ所から、ふたたび顔をのぞかせていた。

その時は、既に夕陽《ゆうひ》も、西の山の端に沈みきって、黄昏《たそがれ》時の灰色が、この廃屋をしずかに包みかくして行った。まぼろしの霧あやかしの影、そしてほのかな憂愁《ゆうしゅう》が、この家に深い陰影をいつとはなしに刻みこんで行くのであった……


僕がこの家を訪れたのは、もちろん仔細《しさい》があってのこと。二、三か月前、この家で郵便配達夫が、首を吊《つ》って死んだ事件は、君もまだおぼえていることだろう。

このあたりを、配達に歩いていたのが、突然行方不明になって、日頃《ひごろ》は真面目《まじめ》一方で、何一つ間違いのなかった男のことだったし、ことに書留なども、身につけていたことだったので、警察の神経を、非常に刺激したのだが、遂にこの廃屋の二階の梁《はり》から、紐《ひも》をぶら下げて、縊死《いし》しているのが発見されたのだ。行嚢《こうのう》も肩にかけたまま、その内容にも、何の異常もなかったので、警察では、何かの拍子で、精神に異常を来たして、自殺したものと断定した。

しかしその事件で、最も打撃を受けたのは、誰《だれ》よりもその家の持ち主であった。この家はもともと、ある医者の別宅だったが、むかしから、何故《なぜ》か人のいつきが悪くってここ数年の間は、誰《だれ》も買手も借手もなかったのだ。

そこへこういう事件が起こり、またまた悪い噂《うわさ》がひろがっては、一層処分も困難になる。彼は事実によって、悪評を一掃してしまう以外に、方法はないものと考えた。

この世にこわい物はない、と日頃高言しておった、前科四犯のやくざ者が、莫大《ばくだい》な賞金をかけられて、しばらくこの廃屋に、移り住むこととなった。その女房の、前科三犯の肩書を持つ、女やくざも一しょだったが、このように、神も仏も、人の世の法律さえも、すべてを蔑視《べっし》し嘲笑《ちょうしょう》して、人の命を絶つことさえ、何とも思わなかった二人にも、この家の空気は、堪《た》え得るものではなかったのか、彼等は三日目にここから逃げ出して、家主の再三の頼みにも、首をふりつづけ、二度とこの家に足をふみ入れようとはしなかった。

それでは何が、彼等をそれほど震えおののかせたのだろう。はっきりとした答えは、全然得られなかった。

もちろん何か、怪しい物怪《もののけ》の姿を、恐ろしい幽鬼を見たというのではない。何の形もとっていない、茫漠《ぼうばく》とした妖気《ようき》が、たえず彼等のまわりにつきまとい、いずこともなく、吹きつけて来る隙間風《すきまかぜ》に乗り、足下《あしもと》に軋《きし》る階段の闇《やみ》にひそんで、彼等の足を、この家から駆り立てたのでもあろうか。

　僕がこの廃屋を訪れたのは、そうした動機からだった。家主に会って、その話を聞き、流れの向こうにそびえ立つ、物さびしい家の持つ、異様な雰囲気《ふんいき》に、心の動いたためなのだった。

　僕は嘗《かつ》て『恐怖』というものの存在を知らなかった。君もよく知っての通り、柔道も三段、剣道も二段の腕前だったたし、健康状態にも、何の異常もなかったのだ。

　だが僕は、この時までに、あらゆる刺激を味わいつくし、もはや心を興奮させ、魅了させてくれるものは、この世に残されていないのではないかとまで、感じあきらめていた。ひょっとしたら、初めて味わえるかも知れない『恐怖』の感が、僕の心を、初めて恋を知り初めた、乙女のように、この廃屋へ引きつけて行くのであった。

　鍵《かぎ》も錠《じょう》も、かかっていない入口は、かるく軋《きし》んで、手応《てごた》えもなく、僕をその中へ迎え入れた。どんな廃屋にも付き物の、埃《ほこり》っぽいだが何となく、甘ずっぱい匂《にお》いが、強く僕の鼻を打つのだった。

　灯火を掲げて、階下から階上へ、僕は一部屋一部屋と巡歴をつづけた。階下の中央を走る、広い廊下と、入口近くの一部屋はいくらか人気《ひとけ》の跡をとどめていたが、その外《ほか》のすべての部屋を包むものは、すべて『時』という破壊者が、たえずこつこつと刻みこんだ、『沈黙』の烙印《らくいん》から立ちのぼる呼吸さえ苦しくさせる、いまわしい瘴癘《しょうれい》の気であった。

　障子も襖《ふすま》も、嘔気《はきけ》をもよおさせるようなむっとした黴臭《かびくさ》さを発散し、壁という壁には一面に、雨洩《あまも》りが汚染をしるし、鼠色《ねずみいろ》から、うすい黒へと変色して、二段にも三段にも、奇怪な模様を残していた。ただ一間玄関近くの部屋にだけ、敷かれていた畳さえ、湿気をいっぱい吸いこんで、不恰好《ぶかっこう》に波打ち、ふくらんでいるのだった。生命は針の尖端《せんたん》ほどの残渣《ざんさ》さえ、この廃屋の中にとどめていなかった。

どこからともなく、さびしい犬の遠吠《とおぼえ》えは聞こえて来たが、いつもなら、うるさいほどに耳につく、草間の虫のすだく声も、ここへは響いて来なかった。懐中時計のセカンドを、刻む音ばかりが、いつもの百倍千倍に、高く耳の底に響き入り、すべてのものを支配する、死と沈黙の調べの中に、ただ一つ、生きて動いているのだった。

襖には誰《だれ》の筆になるのか、誰が切りぬいて貼《は》りつけたのか、一匹の黒猫の絵が残されて、光る眼でこちらを睨《にら》んでいたのだった。所詮《しょせん》描かれた絵には過ぎぬというものの、僕が正面から、横手の方へ座を移しても、その視線はたえず、僕の跡を追って全身にからみついた。見上げても、見下ろしても、その眼は、僕から離れようとはしなかった。

静かに時は過ぎて行った。だが何も起こりはしなかった。それがかえって、無気味なのだ。気持が虚脱されたよう、五官が痺《しび》れて行くような、異様なその場の空気であった。しかし頭は反対に次第に冴《さ》えて来るのだった。決して暑い夜ではなかった。一歩戸外へ足をふみ出せば、仲秋の名月が、中空に皎々《こうこう》と輝きわたり、爽涼《そうりょう》の秋風が空をわたっているはずだが、ここの空気はどんよりと沈みよどんで、僕の呼吸もともすれば早くなった。

脈を測っても、いつもより不規則だった。いつの間にか、喉《のど》の奥が、からからに乾《かわ》いて痛み出していた。何かの用意にもと思って持って来ておった、ウイスキーの角瓶《かくびん》をとり出して、グラスに一杯二杯と傾けたが、全然酔いは感じない。息苦しさは、いくらか楽になったとはいえ、手足の節々がいつの間にか、痺《しび》れきって行くような、物憂《ものう》さがどこかに残っているのだった。

時はもう十二時を大分過ぎていた。いっそのこと、髪をおどろに振り乱し、色青ざめた女の幽霊や、一つ目小僧、三つ目小僧が、鬼火とともに現われ出たら、持参の赤樫《あかがし》の木刀に、物をいわせることも出来ようものを……

前の留守番が逃げ出したあとに、布団《ふとん》はそのまま残っていた。眠くはないが、しばらく横になっていようかと、洋服を着たまま、薄い夜の物を、冠《かむ》って床に入ったが、一向《いっこう》何という気配もない。いざとなったら枕《まくら》を蹴《け》って飛び起きるつもりだったが……

一時――僕はその時、布団の上から、胸のあたりを、何かがなで廻《まわ》しているような圧迫を感じた。それはたとえば、人間の手のようなもの、いや水母《くらげ》か章魚《たこ》の触手のように、そろそろと、微妙な触覚を楽しむように、それは寝ている僕の胸の上から、腹のあたりへ蠢《うごめ》きまわる……

瞬間、僕は枕を蹴って飛び上がった。その刹那《せつな》、何かしら、生あたたかい、ねっとりとしたものが額に触れたのだ。その感触は……何といったらよいのだろう。

たとえば器《うつわ》に、なみなみとたたえた人の血の中に、浸《ひた》した手に乾《かわ》かぬうちに触ったならば、その時の感じに近くはないだろうか。と思われるほど、べっとりとした、生ぐさい、ほのあたたかい感じであった。

　もしこれが手だったならば、胴体は恐らくこの辺についていよう——僕は赤樫《あかがし》の木刀を鋭く宙に一閃《いっせん》した。だがそれは、空《むな》しく虚空《こくう》を切ったのみ……何の手応《てごた》えも、感じられない……

　だがそいつはたしかに動いていた。生きていた。どこからともなく洩《も》れて来る、そいつの息吹きを感じていた。さらさらという衣《きぬ》ずれの音が身近に聞こえたと思うと、枕《まくら》もとのランプがたちまち畳の上を離れ、空中高く舞い上がった。二、三度大きく、宙に揺れて、動いたランプは、やがてすぐ目の前の高さに停止してしまった。

　その光は、いつの間にか、月光のようなつめたい青白い色に変わった。燃えているのは石油なのか。や、それは、三途《さんず》の川のほとりに光る、死人蛍の光ではないか。

　ランプのまわりには、微《かす》かなかすかな燐光《りんこう》を放つ、青白い霧に似たものが、ただよっていた。水気をおびて、ちらちら揺れている幻《まぼろし》は、人間の手が、ランプをつかんで、空中にかざしていると思われた。

　その灯《あかり》は、静かに空中を滑って行った。いつの間にか、開いていた、襖《ふすま》の隙間《すきま》を潜って、廊下へ姿を消して行った。僕もすぐ木剣を握りしめて、その後を追ったのだが……

　廊下に出ると、ランプの火は、消えるともなく消え失《う》せた。無理に吹き消したようではなく、油が絶えたような、自然さで……しかし油は、たしかに一杯入っていたはずだった。

　火が消えても、ランプは運動を止めようともしなかった。階段の上の大きな天窓からは、月の光が射しこんで、廊下は一面白銀色の光輝《こうき》に満たされていたのだった。その中を、静かに、静かに、ランプは階段の方へと虚空《こくう》を滑って行った。

僕も思わずその跡を追わずにはいられなかった。何か知れない、目に見えぬ力が僕を惹《ひ》きつけたのだ。

ランプから、二、三メートルの隔りを置いて、僕は階段を上って行った。ランプの動きも滑らかでなく、一段一段と、わずかな休止をおいていた。足もとに、階段の板はしきりに軋《きし》ったが、その外《ほか》には、誰《だれ》の足音も耳に聞こえて来なかった。

ランプはふたたび、静かに二階の廊下を滑って、やがて三つ目の右手の部屋の、扉《とびら》の前に停《と》まったのだ。音もなく、部屋の扉が開いたと思うと、ランプはその中に姿を消した。僕もすぐ、その跡を追って、その部屋に踏みこんだ。

部屋の壊れた、窓ガラスを透《す》かして、月光が燦々《さんさん》と、室内に射しこんでいた。窓の上にからみついている、一枚の蔦《つた》の葉が、大きな影を床に投げ、風にそよいで、ちらちら動いているばかり、室内には、物の気配も感じられなかった。

ランプは窓縁の上に置かれていた。天井板は、何枚も何枚も、破れ去って、天井裏の暗闇《くらやみ》が、大きな口をのぞかせていたが、その中から、一本の麻縄《あさなわ》が垂れ下がっているのに、僕は気がついた。そしてその下の端は、一つの大きな環に結ばれて――僕の背より少し高いが、その下には、小さな踏み台さえ用意してあった。

僕はやがて、その紐《ひも》のまわりに、またあの青ざめた、燐光《りんこう》のような幻影が、ただよっているのに気がついた。それも今度は、たしかに二つ、左右対称のその幻《まぼろし》――まるで人間の両手のような……

その紐の下の環は、静かに丸く開いていった。そしてその中に、丸窓を透かして、戸外を眺めるような、不思議な光景が展開された。

初めは、青い月光が、その中を通して眺められただけだが、やがてそれも、真珠の光沢を帯びた、霧の幻に包まれた。そしてその、霧が跡なく晴れた時、僕はその中に、いま一つの世界を垣間《かいま》見たのだった。

そこは、春の日ざしのうららかな、かぐわしい花園だった。見わたすかぎり、一面の白薔《しろば》薇《ら》の床、真紅《しんく》の麝香薔薇《じゃこうばら》の花、支那《しな》の美人を思わせる濃艶《のうえん》な緋牡丹《ひぼたん》、王女のような白牡丹、崩れんとする大輪のカーネーション、黄色の水仙、濃紫《こむらさき》の菖蒲《しょうぶ》、そしてその上に散りかかって来る桜吹雪――

空は紺碧《こんぺき》に晴れわたり、雲雀《ひばり》ははれやかに歌いつつ、縦横に花園の上を飛び廻《まわ》る。蝶《ちょう》も蜂《はち》も甲虫《かぶとむし》も、僕等の見慣れているものよりはずっと大きく、その体の色も、虹《にじ》の七彩《しちさい》を、ちりばめたように、うららかな陽光に照りはえていた。

人はみな、そこでは清純な、塵《ちり》一つとどめない、白衣をまとって動いていた。男も女も晴れやかな、苦悩の跡も見えぬ、喜悦と歓喜に満たされて、青春の幸福を、心から楽しみつくしているようだった。

いまも小川のほとりの、薔薇《ばら》の茂みのかげで、若い男が美しい女を胸に抱いている。長い接吻《せっぷん》であった。女はかるく目を閉じて、男のなすままに任せていた。いつの間にか、上半身を蔽《おお》っていた、白衣が音もなく、滑り落ちて、雪をあざむく豊満な肌が、遠目に望まれた。

その時僕の眼前を、しずかに通りすぎようとした、一人の若い女性があった。

いつかどこかで、たしかに会ったことのある、その面影、意識下に埋もれ、記憶の及ばぬ所に逃れ逸し去って、しかも忘れ得ぬその眼差《まなざ》し、僕は吸いこまれるように、顔を乗り出していた。

女はこちらへ向き直った。両方のすみの高く切れ上がった角額、形のよくととのった高い鼻、卵形の顔の輪郭《りんかく》、やわらかな眉《まゆ》、漆黒《しっこく》の双眸《そうぼう》……いつまでも、僕は記憶の糸を追いつづけた。そして一瞬、僕の脳裡《のうり》に閃《ひらめ》くものがあったのだ。

母は十年前に死んでいた。その時は既に齢《よわい》も四十をすぎていたのだが、胸の病《やまい》に侵されて、半年の間病苦と闘いながら、世を去った母の死顔は、白蠟《はくろう》を刻んだように端正だったが……もしあの顔を二十年前、少女の時代にかえしたら……

――お母さん

僕ははげしく叫んでいた。僕の目は、いつの間にか、熱い涙に濡《ぬ》れていた。

その声が聞こえたものか、女は一歩また一歩とすぐ目の前に近づいて来た。今はその熱い息吹きを、顔に感ずるかと、思うばかりの距離であった。

やがて女は語りはじめた。ひくい、かすかな、地の底から、聞こえて来るかと思われるほど消え入るような、囁《ささや》きだった。

——わたくしは、あなたのお母さんではありません。お母さんと別れて十年、その恋しさが、あなたにわたしを見あやまらせたのでしょう。この国は、まだあなたのおいでになるような所ではありません。お帰りなさい。いつかまた、お目にかかる日もありましょう……

女はやさしくほほえんでいた。モナリザの微笑のような、怪しい魅力をたたえつつしずかに私の眼前から、ふたたび彼方へ遠ざかった。

いつの間にか、花園には、ふたたび白い霧がたちこめて来た。薔薇《ばら》も牡丹《ぼたん》も水仙もすべてその狭霧《さぎり》の中に溶けこんで、ただその幻《まぼろし》の中に最後まで浮かぶものは、ただあの怪しい微笑であった。

耳の近くで、何かの落ちる音がした。手にしていた、赤樫《あかがし》の木剣が、いつしか床に滑り落ちた。眼を開くと、部屋には一面の月光が……僕の足は、その踏み台をふみ、首はその輪の中にあった。

さっき僕が家中を見廻《みまわ》った時には、こんな紐《ひも》など、たしかに天井から下がってはいなかった。

そしてまた、あの配達人が首を吊《つ》って、死んだのも、たしか二階の一部屋と聞いてはいたが……

僕はその時、生まれてはじめて、『恐怖』の感に襲われた。水を頭から、浴びせかけられたように、奥歯がひとりでにガタガタ震え出すのであった。わななく手を首のまわりに上げて、しずかに下の輪を外《はず》すと、よろめきながら、僕は踏み台をとび下りた。そして後をも、ふり返らず、この恐ろしい部屋から、逃げ出した。

入口から飛び出した僕は、泳ぐように茂みを分けてつっ走った。気を狂わさんほど青白い月光を浴びた、廃屋の大きな影は、地獄のように黒かった。追われるように、橋をわたり、流れの手前の道の上を、僕はどこまでも走りつづけた。

黒い影法師は、手をふり、足をふりながら、僕に先廻《さきまわ》りして目の前の道に踊っているのであった。

君、これがこの一夜の僕の記録であった。だが――僕はこの経験を、決して後悔していない。生まれて初めて知った恐怖感、戦慄《せんりつ》感、それこそ何と甘美なものであろうか。

酒も女も冒険も、この魅力と興奮に比べたならば、それははかない朝顔の花にも似た、一時の刺激にすぎないのだ。

恐ろしい――しかし楽しい。僕の拙《つたな》い筆の力では、この心境の十分の一をも、伝えることは出来まいが、いつかは君も分かってくれるに違いない。

真の歓喜と悦楽は、恐怖と戦慄《せんりつ》のうち以外には、求めることはできないのだということを。


私が友人、橋本陸朗の手記を受けとったのは、どうしたことか、日付よりも一月も遅れてのことだった。

私は早速彼の下宿を訪れて見たが、彼は十日ほど前に、家を出たきり、帰って来ないという返事であった。

　ふたたび、あの廃屋が捜索された。

　そして私たちは、二階の一室の梁《はり》に、首を吊《つ》って死んでいた、彼の惨《みじ》めな姿を発見したのである。

　医師はその死亡の日を、死体発見の三日前、彼が初めてこの廃屋で、一夜を過ごしたその次の満月の夜と判定した。

　そして今度も警察では、彼の死を、精神に異常を来たした末の自殺と、断定したのであった。

西陣の蝶

水上勉

水上勉（みずかみつとむ）一九一九年〜二〇〇四年

十代、京都の禅寺で小僧として修業した。一九四七年、『フライパンの歌』を刊行。一九五九年刊の『霧と影』で本格的な創作活動に入り、『海の牙』で日本探偵作家クラブ賞を受賞。『飢餓海峡』は映画も話題に。一九六一年に直木賞を受賞した「雁の寺」、『五番町夕霧楼』、『西陣の女』、「金閣炎上」など、京都を舞台にした作品は多い。随想集に『京都遍歴』。

西陣の蝶＊水上勉

一

はじめに古いはなしを書いておかねばならない。

昭和十二年というと二十五年も前である。十一月末の夜のことだ。京都市下京区八条通り坊城の角にある六孫王《ろくそんのう》神社という古い社の境内に数人の人かげが見えた。

時刻は八時三十分ごろ。神殿と社務所の建物の前にある瓢箪池《ひょうたんいけ》の浅い水面に欅《けやき》の梢《こずえ》を通してもれてくる三日月が映っている。池に架かったくさりかけたような木製の太鼓橋の近くである。四人の若者だった。いずれもはっぴ姿で、メリヤスシャツの上に、毛糸の腹巻をしたり帯をまきつけたりした男で、いい合せたようにねじり鉢巻をしている。

この日の昼、六孫王神社は、市がたっていた。毎月二十一日にきまって市がたったのである。源経基《つねもと》を祭神とするこの社は、武運の神ともいわれているので、出征兵士の安泰を願う参詣客がかなり多かった。遠くは鳥羽《とば》、久世《くぜ》、西院《さいいん》などからも女子供が集まってくる。近くの東寺《とうじ》の市のようににぎやかではないけれども、かなりの人出であった。せまい境内に、旅芸人が小屋がけしたり、一銭洋食や、綿菓子を売る屋台店がならんだ。近在の参詣客は、広くもない白砂利の境内を埋めるのだが、それは明るいうちのことで、日が暮れると、境内は潮が引いたようにひっそりした。屋台店もたたまれ、七時すぎになると、商人たちは帰ってゆく。

鼻腔《びこう》につきささるようなアセチレンガスの匂いと、一銭洋食の安ソースの匂いがまだ紙屑《かみくず》の散らかった境内にただようていた。森かげの池のあたりは、ひどく暗い。四人の男はだまって池畔に立っていた。と、このとき、坊城通りに面した御影石《みかげいし》の鳥居の下から、境内にむかって入ってくる三十七、八の男がいた。やはりこの男もメリヤスシャツの上にはっぴを着ている。兵児帯《へこおび》を胴にまきつけている。ボタン数の多い裾の細まった別珍《べっちん》のズボンをはいている。池畔の男たちと似通った職人風である。少し酔っているとみえ、足もとがふらついていた。

男は池と鳥居の中間にある絵馬堂《えまどう》の下までくると、歩速を落した。ついこの二時間ほど前、そこに見世物小屋のテントがはられていて、旅興行の男が声を嗄《か》らして、客をよびこんでいた木戸口跡の、紙屑がちらかっているあたりをとろんとした眼で眺めていたが、まもなく、男は大股《おおまた》で欅の下の暗がりへ歩を早めた。この時、池畔の男たちの姿はどこかへ消えていた。

ほろ酔いの男は太鼓橋にさしかかった。と、この男の足が橋にかかった時、うしろから、黒い影が二つ走りよっていった。みるまに、男の軀《からだ》がぐいっとひきよせられた。橋にかけた男の足は二、三歩うしろしざりに、ひきずられるように後退した。と、う、う、うッと男の口からうめき声がもれた。酔った男であった。仰向けに倒れた。すると、二つの影はさっと離れて手前の欅の下にかくれた。静寂がきた。

倒れた男は、地べたに両手をひろげ、しばらくうめき声をたてていた。苦しそうであった。左手を空にあげ、右手ではっぴの襟《えり》を摑《つか》み、ひくいうめき声をたてながら、軀をよじるように横転しはじめた。しかし、そのもがき苦しんでいる時間もほんの二、三分であった。男はやがて、あげている片手を力なく落し、もう一方の手を胸の上にのせると、動かなくなった。欅の蔭から、ふたたび二つの影が走ったのはこの時である。太鼓橋を猿のように渡り終えると、八条通りの裏門へ瞬時にして消えた。池畔にいた、もう二人の男の姿はその時はなかった。境内にはその他に人影はなかった。この六孫王神社の裏に在って「六孫裏」といわれている貧民窟《ひんみんくつ》の一郭から、京の町々へ屑物買いに出かけている田島与吉が、五歳の蝶子を、蛇《じゃ》の目籠《めかご》のあいだにのせて、この境内にさしかかったのはそれから二分ほどのちのことである。

与吉は坊城の鳥居をくぐった時に、すっかり屋台店が姿を消しているのを見た。絵馬堂の前から瓢簞池のあたりをすかしみた。地面には欅の梢が落葉の上に影をおとしている。細い三日月ながら、うす明るい光線をさしのべている。しかし、この時、与吉は太鼓橋の上を、灰いろの二つの人影が走り消える瞬間をみている。

〈まだ、店をしまわん男がいたのか……〉

与吉はそう思った。

毎月のことである。市のたつ日の夜は、八条通りを車を曳《ひ》かないでわざわざ帰り道を六孫王の境内にぬけることにしていた。拾い物があったからである。行商人や旅芸人たちは、次の場所へ走らねばならないから、めんどくさいものは残してゆく。忘れ物もあった。空罐《あきかん》や、空箱の類がもっとも金目のものである。針金なども落ちていることがある。与吉は、ギシギシと砂を嚙《か》む鉄輪の音をさせ、梶棒《かじぼう》を心もち下へさげて左右にふりながら、太鼓橋の方にきた。と、地べたに何やら、チカリと光るものがあった。与吉は梶棒を下ろした。蛇の目籠と蝶子がのせられている車体は、斜めになって、落ちついた。蝶子は軀を大きくゆすぶられたが、これには馴れている。父の与吉が何か拾い物をする時は、ガタンと音がして車体が前方にかたむくのである。

与吉は二、三歩走って、光ったものを摑んでいる。それは七寸近くもある光った庖丁《ほうちょう》である。摑んだ瞬間、与吉は、柄についていたぬるりとした生温かいぬめりを感じて、ぎょっとなった。思わず地べたに獲物を捨てていた。手についたのは血ではないか。与吉は気持わるげに汚れたはっぴの裾で、まず、血らしいよごれを力強く拭きとった。

〈まさか、血やないやろ……〉

思いかえした。きっと、洋食屋が忘れたんだ。肉切庖丁ではないか。ソースの匂いがまだこの境内にのこっている。思いかえしてふたたび地面の庖丁を摑むと、ぽいと、蝶子の手前の金目の屑鉄を入れている石炭箱へ投げ入れた。与吉は車にもどって、梶棒をあげた。また、砂利の中を左右に梶棒をゆすりながら曳きはじめた。

与吉が、職人風の男の死体をみたのは、それから二分後である。太鼓橋のかかり口に仰向けになっていた男は、どこにそんな力がのこっていたものか、十メートルほどはなれた欅の根もとの池の岸にまで這《は》いよったらしく、砂地に黒い影をひいて、細長くのびたまま岸に手をさしのばして硬直していた。背中は血だらけであった。

与吉はぎょっとなった。

「蝶、蝶、お父ちゃんが殺《や》ったンやないぞ、蝶、蝶」

と与吉は叫んだ。蝶子はきょとんとして父をみていた。やがて与吉は五歳の娘が坐った車をそこに捨て置くと、まだうす明りの残っている八条通りの片側町の商店街へ向けて走り消えていった。

東寺の朱塗りの門の近くに交番があった。そこまで走りこむのに、田島与吉は五分ほどかかった。蝶子は、車の上の、父親がずり落ちないようにくくりつけた紅柄の座蒲団に坐って、急にどこかへ走り消えていく父親の姿を呆然とみていた。しかし、おとなしく待っていた。もうすぐ、境内を出れば家に帰りつくのであった。夜の境内は静かだった。蝶子は朝から荷車の上にのせられて京の町を歩いてきたから、車が止っていると、急に疲れと空腹をおぼえて睡気におそわれた。

近くの東海道線梅小路の貨物駅で、連結する機関車の音がしている。ポッと短い警笛が鳴った。

それは聞きなれた夜の貨物駅の音である。警官と田島与吉が、この境内に走ってきた時には、蝶子は車の上で眠っていた。

二

東海道線梅小路貨物駅の引込線にへばりついたようにしてある、六孫王という神社の名が新聞に出たのは、その翌朝のことだ。世間は、死んでいた男が、六孫裏といわれる、貧しい人びとの密集する地帯の住人であったことを知ると、べつに驚きはしなかった。またか、と思っただけである。荒くれ者や、渡世人も住んでいる一郭だったからである。

殺されていたのは飯山市助という三十九歳の建築請負業の職人で、六孫裏の六畳ひと間しかない掘立小屋のような家に住んでいた。飯山は、この貧民窟が八条通りに面した地点にある「一二三《ひふみ》」という安酒屋の常連で、日ごろから酒ぐせがわるく、酔うと女子供にでも暴行するので、嫌われ者だった。警察へも時々厄介になったことがある。飯山は六寸五分の肉切庖丁で背中から心臓をひと突きにされて死んでいた。発見者は同じ町に住む屑物回収業の田島与吉である。

現場検証にあたった七条署の渡部警部補の指揮下にある鑑識班と刑事たちは、死体をみたときに、仲間喧嘩《げんか》の結果、飯山がひと突きにされたと判断した。飯山の仕事先や、六孫裏一帯に調査が開始された。しかし、犯人は出てこなかったのである。飯山が殺されたことで喜んだ者はいても、殺した犯人を憎む者がいなかったということも珍しい。町民たちは、口をつぐんで、警官の聞込み捜査に、あまり資料をあたえなかった。

しかし、田島与吉は、発見者であったから、当夜はもちろん、翌日も七条署によばれ、訊《じん》問《もん》をうけた。彼は、八時三十分ごろ、鳥居の下へさしかかった時、太鼓橋を走った人影について こんな風にいった。

「灰いろにみえました。はっぴかなんぞ着てはったんどっしゃろな。頭には鉢巻してたようどすな。うしろ姿やので、年恰好も何もさっぱりわからしまへん。ぱあーっと走って、太鼓橋の上を社務所のわきの暗がりィぬけると、あそこにあります石の裏門へ、消えたゝどす。八条の方で、まんだ明りがみえましたさかい、走ってゆくのゝをみた人があったにきまってますわ」

その八条通りは、ちょうど、六孫王の神社の塀《へい》から、大きな欅が枝をさしのべていて、塀にそうた三尺幅ぐらいの溝があった。片側町に家はあるといっても、店は少ない。すでに、灯を消して戸をしめている家が多かった。警官が訊《たず》ねまわったけれど、与吉のいうような目撃者はなかったのである。

「ちょっと、きみ」

とこの取調室へ顔を出した、四十すぎてはいるが、てかてかに光った丸顔なので一つ二つ若くみえる渡部警部補が、与吉のよごれた寸づまりの顔をみていった。

「お前さんも、飯山といっしょに『一二三』で酒を呑んだことがあるそうだね」

「へ」

と与吉はおびえた眼をむけた。

「飯山が呑んどる時に、わても呑んだことはあります」

とこたえた。警部補はきいた。

「飯山にからまれたことがあったかね」

「へえ、あいつは誰にでも、いっしょに呑んどるもンにからみよりましたわ。ときどきわてもからまれました。ほれで、わてらァ、あいつの呑んどる時は、もうそばへよらんようにしとりました」

警部補は疑いぶかげな眼をしはじめた。

「庖丁がお前さんの屑箱から出てきている。お前さんは、庖丁を拾ったというが、どうして、それを家にまでもち帰ったのかね」

「へえ」

与吉のくちびるは上下にふるえた。

「わては金目のもンちゅうと、つい拾うくせがついとります。何も考えんと、手ェのばして、地べたに落ちてる庖丁を拾たンどすわいな。一銭洋食屋が忘れたんやろ、そない思うて拾たンどすねや。せやけど、持った時に柄ェに何やら、とろりとした血ィみたいなもンがついとりましたさかいな、すぐほかしました。まだ、その時、飯山が死んどることには気がつかしまへん。ほれで、庖丁を捨て箱ィ入れたンどす。死体をみたんはそれからすぐどした。もう腰がぬけて、あんた、八条の交番までゆくのがせい一杯どした。拾た庖丁みたいなもん、何もかも忘れてしもてなァ……娘が眠ってますさかいに、車ひいてひと先ず帰ったンどす」

「それから、すぐにまた現場にもどったヶだね」

「へえ、家は近こおすし、子ォを寝かしといてから、また出てきて、説明したんどす。その時に自分から庖丁のことはいいました。警察のひとがすぐうちィとんでいって、屑箱から、庖丁をとって来やはりました」

「その庖丁には、お前さんの指紋しかついていない」

と警部補はいった。

「なんどすて」

田島与吉はますます寸づまりの顔を怒ったようにふくらませた。

「飯山を殺《や》った奴の指紋がなくて、発見者のお前さんの指紋だけがついとる。それに、お前さんが着ていた半纏《はんてん》の裾にもべったり飯山の血がついていたぞ」

と警部補は語気をつよめてにらんだ。

「そ、それは、わしがあとで、手ェ拭いたんどすがな」

「何のあとで拭いたヶだ」

渡部警部補の眼はするどく光った。丸顔だけれど、怒りだすと、陰険な眼つきになる。警部補は、六孫裏の聞込みに成果が上らなかったので、腹をたてていた。

「田島」

と警部補はよび捨てにした。

「本当のことをいった方がいいぞ。本当のことをいえば、罪はかるくなるんだ。かくしだてすると、ためにならんぞ」

　田島与吉はうッとうなってふるえた。

「何いわはりますねや。わいが飯山をやったとでも思うてはるのンどすか。そんな阿呆《あほ》な。わいは通りかかっただけどすがな。わいは、六孫市のたった日ィだけは毎月、車曳いて六孫さんを通ることにしてましたンや。何やったら、うちの子ォにきいてみとくりゃす。うちの子ォは何もかも知っとりますわいな」

「蝶子さんかね」

　警部補は軽蔑《けいべつ》したような眼をなげた。

「娘さんには、もう訊問はすんでいる。しかし、小さい子ォやからね。証言も不確かなンだ。容疑者は今のところ、お前さんしかいない。たった一つの物証の兇器《きょうき》に、お前さんの指紋がついている。被害者の血も半纏についている。警察の眼はフシ穴やないぜ」

　怒鳴りつけるようにいうと、警部補は、部下の一人に、

「調書だッ」

とどなった。まだ軍国主義はなやかなりし頃の話である。警察官も軍隊と似ていて、今日のように公僕といった控え目な態度をとる者はいなかった。嫌疑があれば、片っ端から留置場にたたき込んで、拘留期間も、担当警部補の口先一つで、どうにでもなったおそろしい時代であった。

　屑物回収業田島与吉は、六孫裏住人ということで、同番地の住人飯山市助殺しの容疑者と

して、七条署に留置された。兇器についていた指紋によったのである。

三

蝶子は父が帰らなくなった日のことをおぼえていた。父は袖ぐちのほころびたようかん色の厚司《あつし》の上に、細い人絹《じんけん》の兵児帯をしめ、八つ割草履をはいて出た。この姿は問屋へゆく時の父の盛装だった。警官のうしろから、父はだまって尾《つ》いていったが、この時、あとに残って、蝶子のところへきた男の顔に、蝶子は何ともいえぬ恐ろしさを感じた。

その男は黒い背広を着ていた。皺《しわ》くちゃのソフト帽を阿弥陀《あみだ》にかぶり、四角に脂ぎった顔をしていた。眼つきがわるかった。とくに忘れられないのは口もとである。厚い下くちびるが、つき出るように出ていて、顎《あご》がしゃくれ、猿の面のようなひどい受け唇《くち》だった。この男は、二十八、九だったろう。しかし、警官がいた時は、自分より年上の警官をも顎で使った。

「ちょっと、こっちへおいで」

と戸口に立って、低いひさしに頭をうちつけないようにかがみ腰になると蝶子をさしまねいた。

蝶子は、六畳の上り口から板の間になっている台所の七厘《しちりん》の横に坐っていた。

「お母ちゃんはいないのだね」

「去年の春に亡くなっています」

とわきで手帳をもってついてきている警官が答えている。表は人だかりだった。隣近所の顔見知りのおばはんや、おっさんが立っていた。みんな蝶子の方をじろじろ見ている。背広の男は、敷居をまたいでくると、タタキに入った。猫なで声をだしてまたたずねる。

「毎日、お父ちゃんと町へ出かけたのかな」

「……………」

「車にのって出かけたのかね」

「……………」

蝶子はこっくりうなずいた。男の顔が恐ろしい。泣き出したくなった。しかし、泣いてはいけないと思った。

じっとこらえていると、

「あの晩」

と男はさしのぞくように顔を近づけていった。

「お父ちゃんと六孫の鳥居の下へきた。その時、お父ちゃんといっしょにいたおっさんをおぼえているね」

「だあれもいやはらへなんだ」

と蝶子はこたえた。

「お父ちゃんが瓢箪池にきて、庖丁を拾ったのをみているね」

「……………」

蝶子はその時のことをたしかにおぼえていた。

「お父ちゃんがな、車をガタンと前へつけはったんや。ほしたらな、うちのからだが、こないになってずり落ちそうになったんどす。蝶、蝶、お父ちゃんがやったんやないでェいうて、八条の方へとんでゆかはったんどす。ほてしてたら、うち、眠とうなってしもて……あとのことは何にも知らんねや」

蝶子は、このことは前にも警官にいっていた。だから恐ろしい男の前でもすらすらと口から出たのである。じっさい、そのほかのことは何も知らない。寝てしまっていたのだから。

「大きな音がしたり、人の泣き声がしたりしなかったかね」

「ううん、お父ちゃんが走っていかはったあと誰もいやへなんだ。汽車の音がしてただけや」

梅小路で貨物車を連結するガチャンという音が、その時もきこえていた。引込線にへばりついた貧民窟の一郭だ。機関車が罐《かま》を焚《た》く音と、ポッと短い警笛を発して、緩慢な音をたてて動いてゆく貨車のレールをきしませる音は、昼も夜もしていた。

黒い背広服の男は蝶子のおかっぱの頭に、うちわのような大きな手をおいて左右にうごかした。

「かしこう待っとるんやな、ええか」

といった。大きな眼はギロリと蝶子をにらんでいた。男は外へ出ると、家のまわりをまた警官をつかって調べはじめた。

父はひくいトタン屋根の上にまで、箱をならべて、鉄屑、真鍮屑《しんちゅうくず》、銅屑といったように分類して置いていたし、軒の下は針金や鉄棒や、古鍋《ふるなべ》、ヤカンなどがいっぱい積んであった。空瓶《あきびん》は床下にならんでいた。すべて、父が京の町で拾ったものだったり、家々の台所口からわけてもらったものばかりであった。蝶子は、それらの屑物を、雨がふると、父に手伝ってより分けた。

警官と背広服の男は、それらの屑物をいちいち点検していた。帰ったのはそれから一時間もしてからである。

父は帰らなかった。

橋爪のおばはんとよんでいる五十すぎの女が夜になって蝶子の家をのぞいた。蝶子は裸電球の下でじっとしていたが、おばはんが、白髪染《しらがぞ》めの薬品にかぶれて、頭半分が火傷《やけど》のようになった日のことをおぼえていたし、何くれとなく、蝶子に親切にしてくれてもいたので、蝶子は戸口へ走っていった。

「お父ちゃんはな、警察ィいってはッのや。お父ちゃんはな、検事さんに訴えられて、ひどい目ェにおうてはんのや。せやけど、蝶子ちゃんのお父ちゃんは、わるいことをするような人やない。じっとおとなしゅう待ってたら、戻ってきやはるえ。ええな」

上りはなに腰かけると、前かけの下にかくしてもってきた焼芋を茣蓙《ござ》の上において、

「さあ、これおたべ、おなかへったやろ」

蝶子はこくっと腹がなった。何にもたべていなかったから、おばはんのさし出した芋にか

ぶりついた。

まだ、そのときは悲しみというものが、瞼《まぶた》の裏につきぬけてくる感情はもっていなかった。この焼芋と、頭半分をはげにしたざんばら髪の橋爪のおばはんの顔を思いだして泣いたのは、ずっと後のことである。

四

京都地方検事局が、六孫王神社境内で殺された建築工飯山市助の下手人を、屑物商田島与吉と断定して起訴したのは、それから十日目である。七条警察から検事局送りとなった田島与吉は、無実を主張しつづけていた。すなわち、与吉は、兇器についていた指紋について、次のように否定している。

「わては、屑物買いですねや。地べたに落ちてるもゝを、つい拾うくせがありますねや。金目のものやったら、何でも拾うてもって帰りますねや。うちィいってみとくれやす。人さんのほかしはったもんやったら、なんでも大事に集めてきます。それをわては問屋はんへもってゆきます。庖丁やら、鍋やら、針金棒やら、何でも拾います。錆《さ》びたもんはみがいて、問屋へ売ります。せやさかい、あの晩も、地べたに落ちてた庖丁みたときに、ああ、これは一銭洋食屋が忘れてゆきよったゝや、そないに思いましたゝや。つい、金目のもゝやさかい、拾うてしもたゝどす。血ィがはっぴについとりましたゝは、びっくりして、べっとりしたもゝを拭うたゝどすがな。わてが飯山を殺したやて……そんなこと、絶対にあらしまへん、わてとちがいます」

検事局は、屑物回収業の与吉が、金目のものなら、何でも拾うくせがあるということは理解出来た。しかし、その習慣と犯行とは別だと考えた。現場ならびに、六孫裏の貧民窟に数度の調査聞込みを行った担当検事の出水俊三は、次のような第一次調書を作成している。

「被告人田島与吉は、被害者飯山市助とは同番地に居住し、飯山が日ごろから居住地一帯の嫌われ者で、酒ぐせもわるいことをよく知っていた。夜おそく、飯山が『一二三《ひふみ》』で酒を呑み、せまい露地をどなりちらしながら帰ってくる音に、いつも田島は舌打ちしていた。罵言《ばげん》をあびせたことも再々あった。田島は、数回、『一二三』で被害者と酒を呑んでいる。喧嘩になったこともしばしばである。飯山も、また、田島のことを『拾い屋』と軽蔑していた。二人は途《みち》であってもにらみあって通りすぎるのを習慣とした。田島に被害者を殺す直接動機はなくても、殺してやりたいと思ったことがあったことは、田島が同番地の居住者、神戸三郎にもらした事実でもわかっている。田島与吉は、去る十月二日、被害者が九条大宮の仕事場から持ち帰った三寸釘《さんずんくぎ》十貫を買い取っている。この釘は、飯山が仕事場から主人のものを盗んだもので、飯山は田島から代金として八円受けとっている。田島はこれを問屋に売りさばき、十一円に売り、三円の利益を得ているが、問屋明石《あかし》屑鉄商（七条大宮下ル）では、十貫もの三寸釘を釘桶《くぎおけ》に入れたまま売りにきた田島の顔をみて不思議に思ったものの、信用して買った。ところが、飯山の主人衣田三造から七条署へ釘十貫の盗難届があり、これが飯山の盗んだものと判明した。飯山は七条署にあがり、窃盗犯として留置された。主人衣田三造の身柄ひき取りで、釈放となった。その飯山が、田島が問屋へ売った時、自分の名を出したのではないかと逆うらみをしていた事実がある。十一月二十一日午後七時ごろ、六孫裏の家の戸をどんどんたたいていた。飯山は、いったん家に帰ったが、七時二十分ごろに、田島の『一二三』で焼酎《しょうちゅう》七杯を呑んだ飯山は、いったん家に帰ったが、七時二十分ごろに、田島の家の戸をどんどんたたいていた。（神戸氏証言）田島は不在だった。飯山はまた外に出て、八条通りを大宮に出、ガード下の呑み屋『助六』で焼酎二杯を呑み、六孫裏に向って帰った。この途中、飯山は坊城通りにさしかかり、酔いをさます必要からか、境内に入った。八時すぎである。このとき、田島与吉は、車上に長女蝶子をのせて境内に入った。田島がなぜ、この日にかぎって八条通りを通らずに境内に入ったか。飯山と何か示し合せてあったのではないか、という疑いがある。すなわち、六孫王の境内は白砂利が敷かれてあり、屑金の荷車をひくには大変である。そんな中へ、どうして車を入れたか。八条通りをゆけば、十分で自宅へ帰れるものを、わざわざ、境内に入った理由は何か。被告人は、市のたつ日は拾いものが多いからと奇言を弄《ろう》している。八時すぎに飯山と談合する打ち合せがあったと判断される。飯山は酒代に困っていたから、あるいは再び、棟梁《とうりょう》の目をぬすんで仕事場から釘を提供するから金を貸せといったかもしれない。それを田島は断わった。そうしたら、飯山は怒ったかも知れぬ。酔っていると兇暴になる性質である。飯山が暴行に及んだ。田島は自己防衛から酔った相手を押し倒したということも考えられる。急にこの時、殺意がわくかもしれぬ。庖丁は、田島が、京の町で拾ったものである。屑籠の中に入れておいた。それをとりだし、つっかかってくる飯山を押し倒し、うしろからひと突きにして、殺した。田島は一年前に妻せきを亡くし、五歳の女子を育てている。妻を亡くしてから酒も呑むようになり、粗暴で短気になったという証言もある。働き者で、律義《りちぎ》なおとなしい性格だった男が、愛妻の急死で変質者となった例はある。飯山に対する殺意が生じた場合、急に思いがけない兇暴性を発揮するということも考えられないではない。当検事局は、その物証として庖丁を重視する。他に犯人がいるとすれば、庖丁に別の指紋がついておらねばならない。指紋は被告人のものなのである。半纏の裾に付着した血も飯山の血液型に符合し、返り血をあびた形跡がなくもない。被告人に計画的な殺意はなくても、発作的な殺意の発生によって兇行をなしたと判断される……」

調書はさらに、六孫裏の田島与吉の家から押収された十数点の錫棒《すずぼう》、銅板など、田島が西院の酒井伸銅工場跡を徘徊《はいかい》して盗んできたと思われる品々を列記している。田島に窃盗の疑いもあると述べている。

田島与吉の拘留期間はきれたが、検事起訴によって京都刑務所に身柄をひき渡された。昭和十二年十二月三日のことである。

五

白髪染めの薬品にかぶれて、左耳上をすっかりはげ頭にしている橋爪のおばはんは、性懲《しょうこ》りもなく、染料をかえて、残りの毛を染めていた。「黒かみ」という小瓶に入った黒粉末を、橋爪は、蝶子の家の軒下で七厘の上においた洗面器に溶かして、下から火をおこして煮た。

蝶子は、このおばはんの面容が左眼尻から耳上にかけて火傷《やけど》あとのようにひきつっているにかかわらず、心はやさしくて、自分のことを町内で一ばん親身に思っていてくれていることを知っていた。

橋爪のおばはんの家は、蝶子の家の真向いにあった。やはりトタンぶき屋根のひしゃげたような六畳ひと間しかない家である。戸がいつもあいているので、中は丸見えだった。八条の漬物屋へ配達夫にいっている、虎次郎という夫がいた。虎次郎は朝から出ている。おばはんはその留守を所在のない退屈さをまぎらわして毎日を送っていた。蝶子がひとりぼっちで家にいると、何かと世話をやきにきた。町内を代表して、刑務所へ会いにいったのもこの橋爪夫婦である。

刑務所では与吉はすっかりやせてしまい、頬骨の出た無精《ぶしよう》髭《ひげ》の生えた蒼《あお》い顔を面会所にはこんできたが、虎次郎夫婦をみると、つばをとばしていいつづけた。

「わいが飯山を殺したやて、検事の阿呆たれはええかげんなことをいいよる。わいはただ通りかかっただけやがな。たしかに、二人づれの男が太鼓橋を走ってゆくのゝをみたんや。それをはっきり調べもせんで、わいが殺したもゝやとばっかりきめてかかりよる。とうとう殺人犯にしてしもうた。わいは口惜《くや》しゅうてかなん」

面会時間のありったけを、声を嗄《か》らして叫ぶようにいう与吉をみていると、虎次郎は思わず漬物くさい手で洟水《はなみず》をこすった。

「もうすぐ官選弁護人が決定するこっちゃ。ほしたら、わいら、弁護士《べんごっ》さんにくわしゅうあんたのことをはなすつもりや。あんたは犯人やない。あんな小さいお蝶がおるんやもンなァ。人殺しなどでけるもンやないわ。与吉っつぁん、辛抱してな。ヤケおこさんように……弁護士さんのきまるまで待ってるこっちゃな」

なぐさめるようにいって、夫婦は帰ってきた。別れるときに、与吉はきいた。

「お蝶はどないしとりますねン」

「もうすぐお正月や。みんな、町内の人らァは、おこぼ買《こ》うてやらんならんいうてなァ、大騒ぎやった。嬶《かか》が飯《めし》してやってるし、毎日、お蝶は陽《ひ》なたへ出てあそんどるわ。心配せんでええ、与吉っつぁん。お蝶のことはひきうけたさかいなァ……短気おこさんと、じっと辛抱しといで。裁判がひらかれさえしたら、正しいもンがきっと勝つ。世の中は悪いもンばっかりの集まりやあらせん、いまに、お前の見た真犯人が自首して出てくるにきまったァるさかいな……」

虎次郎は与吉のしょぼついた眼から涙がいく筋もこぼれてくるのをみて、妻の肩をつついた。

「あの涙は嘘や狂言で出る涙やないわ」

と刑務所の門を出てからもいった。

しかし、町内の中には、与吉が真犯人かもしれぬと疑う者もいた。それは、出水検事が主張している兇器と血痕《けっこん》によったものであることはいうまでもないけれど、人びとは、二十一日の六孫市の夜に、わざわざ、白砂利に埋まった境内へ屑車をひき入れた与吉の思わくについて、ある疑問をもったのである。

旅芸人や、一銭洋食屋がならんでいた昼のうちならいざ知らず、日が暮れてしまうと、もう、社務所のわきの外燈は消えてしまうし、神殿の燈明もついていない。ひっそりした境内に何が落ちていよう。毎月の市の夜に、そこへ拾い物にゆく習慣だと与吉は警察で述懐しているそうだが、そんな与吉が、これまでにいちどだって市のすんだ夜、車をひいて入りこんでいく姿を見た者はなかった。

〈ええかげんなことをいうとる……〉

そんな判断も生じた。金目のものを見つけたら与吉には必ず拾う習性があった。兇器とは知らずに拾ってしまった、と与吉はいっている。しかし、それでは、血らしいものを手に感じた時、どうして、すぐに捨てなかったのか。いや捨てたにしても、なぜ、またすぐに拾ったのだろう。警察にいわれるまで、庖丁を屑鉄入れの木箱にしまいこんでいたのだ。

〈習性やたら何やたら、ええかげんなこというて……たぶらかしとるようにもおもえるやないか……〉

飯山市助が生きている時分に、毎夜、酒を呑み、通り途でもあったためか、与吉の家の戸をドンドンたたいていたこととも思いあわせて、二人の間に、人にいえぬ関係があったのかも知れぬという噂《うわさ》が大半を占めだしたのである。

蝶子を見る人びとの目は、半々に分れた。同情する者と、白い眼でみるものとあった。橋爪夫婦だけは無罪を信じていた。

年があけて、第一回公判があった。担当検事の出水俊三が懲役六年を求刑したことが新聞にのった。殺人罪としては軽罪である。それは蝶子という六歳になったばかりの娘がひとりで留守居をしているという事情があったからである。

しかし、田島与吉は無罪を叫びつづけていた。

官選弁護人は、久留島誠《くるしま》という四十年輩で小柄な胡麻塩頭《ごましおあたま》の温顔の男だった。久留島誠は、六孫裏にもきて、橋爪夫婦や、蝶子からも、当夜の模様をきいた。法廷にたって無罪を主張した。しかし、久留島は、検事の提出する物証について反論の余地のないことを知った。与吉一人の否定では力がよわかったのである。しかも、情況証拠ではかなり容疑が濃厚であるし、被害者と怨恨《えんこん》関係にあった事実も否定できない。

久留島は担当検事の出水俊三をあまり好いてはいなかった。出水俊三は、検事から弁護士になった久留島にしてみれば、まだ青二才に思えたし、大阪から京都へ廻ってきて一年ほどしかたっていない。それまでは司法官試補として見習生だったのである。いってみれば、京都ではじめて検事になった。こんどの仕事は彼の初仕事といえた。検事が仕事熱心なことに文句をいう筋合いはないのだが、出水が、他の検事にくらべて、立身出世欲の強い男であるということをきいて、久留島はまずい男に担当されていると先ず思った。法廷における検事の論告は理非をつくしていた。なかなか熱をおびてもいる。それは久留島も経験のあるところである。若いころは、法廷に出ると、指先がふるえるほど興奮して、弁論を開始したものだ。それにしても、出水には、初仕事という情熱が見えはするけれども、被告に対する人間的な判断は皆無といっていい。ただ、求刑が六年となっていることに、情状の酌量がみえているだけで、与吉の主張について、頭から否定するのである。だいいち、検事は、与吉が目撃したという、二人の影を追跡してもいない。ろくに聞込みもしていない。頭から与吉と決めてかかっているのであった。いってみれば、この事件は、犯人を与吉であるとする第三者の目撃者あるいは証言者が一人もいない。ただ物証がこれを有力化しているだけに、法廷に持ち出される資料は与吉にはあくまで不利であった。

久留島は与吉の家にきて蝶子の顔をみていると、哀れをおぼえた。

「蝶子ちゃん。あんた、こわい晩のことをおぼえてるかな。お父ちゃんが庖丁を摑んで、蝶、蝶、お父ちゃんがやったゝやないでェいうてとんでいった時に、誰もそばには人はいなかった……その時、あんたは、ほかに何にもみなかった？」

「うちはお父ちゃんが走ってゆかはるのんをみただけやった。すぐ、車の上で寝てしもたゝや」

蝶子は久留島の微笑している顔をじっとみつめた。この証言では、空《むな》しいのである。久留島はサジを投げねばならない日の近づいていることを知った。しかし、久留島は、蝶子にこんな質問をしてみた。

「お父ちゃんがいなくなってから、親切にしてくれる人は誰ですか」

「橋爪のおばはん」

と蝶子はこたえた。

「それから」

「運送屋の寺西のおっつぁん」

と蝶子はこたえた。運送屋の寺西というのは、八条通り千本《せんぼん》にある野田運送店につとめている男で、寺西助市という二十三歳の運転手であった。同じ六孫裏に住んでいるのだ。

「そのおっつぁんが、親切って、どんなことをしてくれたんかね」

「お菓子くれはったんや」

と蝶子はいった。久留島の眼に光がやどった。橋爪の家にいってたずねてみると、トラックの運転手の寺西が、いつ蝶子にお菓子などくれてやったのか知らない、といった。いっそう不審がつのった。久留島はその足で、千本通りまで行って、野田運送店に寺西をたずねた。

運送店主は久留島をみると、

「しゃない奴ちゃ。また、やめてしもて、どこへいったもゝやら、さっぱりわからんのどす。どこぞ、給料のええとこへいったゝとちがいますか。けつの軽い男で、あちこち、出たり入ったりする男どすねや」

と顔を歪《ゆが》めていう。

「いつから出社していませんか」

「そうどすな。去年の十一月の二十三日どすわ」

指を折るまでもなく、六孫殺人から間のない日である。

「ありがとう」

久留島はいったんそこを出てから、寺西の家を捜した。ごみごみした六孫裏の、やはり、蝶子の家と似たような掘立小屋に、父親とのふたり暮しであった。助市は帰っていなかった。

「どこへいったかわかりませんか」

「あんな奴の行先は知りまへんで」

とそっけない返事である。中指のない手を莫蓙《ござ》の上についている六十近い渡世人上りの父親は、じろりと久留島をみて、よけいなことは喋《しゃべ》らないぞという顔をした。陰気な顔立ちだった。

この男の息子の人相も想像できるような渋い浅黒い顔をしている。

「ありがとう」

久留島は家に帰ると、トラック運転手の寺西助市の身元調査と行方捜査に乗りだした。

意外なことが判明した。

六

寺西助市は前科六犯であった。最終犯の業務上横領は、野田運送店につとめる前に勤務していた御池《おいけ》押小路の丸三運送店で、名古屋へ運ぶ途中の貨物から抜き取りをやっている。運送店につとめながら、抜き取りをやったわけである。六つの前科はすべて抜き取りだった。

　このような前科者と承知の上で運送店主が使用していたのはほかでもない。その当時、日本の陸軍は北中支に出兵していて、戦野に自動車兵を必要とした。だから、運転手は、国内では払底の兆《きざし》がみえていた。二十三、四歳で、運転免許のあるものなら、いち早く召集の対象となった。だから、寺西助市は、就職口にこと欠かなかった。体軀《たいく》もまた六尺ちかく、岩乗《がんじょう》だった。上乗り荷役もすれば、運転もするという技術者であってみれば、誰もが欲しがった。寺西は傭主《やといぬし》の足もとをみて、横着なつとめ振りを発揮しながら、京都市の運送店を転々したのち、野田運送店へは一昨年の十月にきている。しかし彼はここではまだ悪事をしていなかった。悪事をしないのに、とつぜん、野田から姿を消したのだ。久留島弁護士が疑問に思ったのはこの点である。何か原因がなくてはならない。

　久留島は書生を派して、さらに寺西助市の身元調査をさせた。すると、助市が、野田につとめているうちに、かなり大がかりな悪事をやっていることが判明した。助市は、以前につとめていた所で知りあった上乗りの葉山良夫、中野秀次、三木晶一の三名と談合して、上京区烏丸下総町《からすましもうさちょう》にある曙《あけぼの》建設倉庫から、セメント袋等建築資材を山科《やましな》へ運搬の途中、セメント一台分を横領して、沢田組という建築業者に売りとばしていたのだ。これには助市が野田のトラックを使用しないで、友人の三木晶一のトラックを使っていたことも判明している。野田の線から調査してもわからないのはそのためであった。上京警察署は、曙建設からの訴えで極秘裡《ごくひり》にこの抜き取り事件を捜査中だった。野田に手配がまわりそうになったので、助市は逃亡したのである。ところが、この逃亡直前に、助市は飯山と会っていた。飯山は六孫裏の住人の助市とも顔見知りだったし、助市がセメントを売りつけた沢田組にも、職人として時々働きにいった経験をもっていた。ちょうど、助市がセメントを売ったと思われる十二年の七月十七日は、飯山市助は沢田組の山科電鉄作業場で足場組みをしていたという情報が入った。

久留島の判断は、寺西助市が飯山にセメント抜き取りを感づかれて、飯山の口から漏れるのを防ぐために殺《や》ったという推定である。ありそうなことだ。それでなくても強磊者《ごうらいもの》といわれていた飯山のことだ。助市の悪事を嗅《か》ぎつけて黙っているはずはあるまい。

久留島弁護士はふたたび、六孫裏にきた。

寺西助市の父親や、付近の呑み屋「一二三」「太古平《たこへい》」などを聞き廻った。すると、飯山の殺された二十一日の夕刻、午後六時ごろ、助市が三名の若者といっしょに八条通りの散髪店、黄少林の店から出てくるのを見た者がいた。また、同時刻から五分後に、飯山が黄少林の店のならびにある呑み屋「太古平」にいたという聞込みもあった。飯山は六時二十分に「太古平」を出て東寺の方へぶらぶら歩いていった。「一二三」へ寄ったのはその後である。とすると、飯山が、寺西助市ら四名とどこかですれ違った形跡がある。呑み屋ではなかった。ひょっとしたら、市《いち》のしまいかけた六孫王神社境内ではなかったろうか。六時ごろならば、まだ、人通りはあったし、一銭洋食屋も、カルメ焼き屋も、七厘の火を惜しんで客をよんでいる。

久留島は、寺西ら四人と、飯山がばったり会った時の光景を思うと、飯山殺人の容疑は寺西ら四名にもあると推定した。はっぴ姿で、鉢巻をした二人づれが太鼓橋で消えたという与吉の見た影は、寺西と他の誰かだったにちがいない。

久留島弁護士はこの資料を整理すると、顔見知りの七条署員に手渡し、極秘裡に内偵してもらった。すると、寺西の容疑はますます濃くなった。たしかに飯山が四人づれと坊城通りを歩いていたという者が出てきた。七条署は業務上横領の容疑で、寺西助市の逮捕令状を請求した。しかし寺西はつかまらなかったのである。

久留島弁護士は、六孫裏にきたとき、蝶子の家の前を通った。戸がしまっていて、六歳の娘はどこへいったものかいなかった。

ひょっとしたら、父親は戻ってこられるかもしれない。ひとりで留守居をしている娘を喜ばせてやりたいと久留島は思って立ち寄ったのだ。立てつけのわるい戸のすきまから中をのぞくと、絵本やマンガ本のちらかった内側がみえたが、誰もいなかった。橋爪のおばはんが出てきたので、弁護士は訊《き》いてみた。

「蝶子さんはどこへいきましたか」

「裏の鉄道沿いの野原にいますのやわ。きっと」

と橋爪のおばはんは、かぶれでひきつった顔をほころばせていった。久留島弁護士は教えられたとおり、貧民窟のごみごみした通りをぬけて、東海道線の線路につき当った。

柵《さく》があった。柵の内側は、なるほど、野っ原になっている。風が強く吹いていたが、すでにそこには春の音がしていた。久留島は黄色いボタンのような小さな草花がしげっている中に、うずくまるようにしている蝶子らしい姿をみとめた。

「蝶子ちゃん」

久留島は柵の上に手をのせてよんだ。蝶子は柵と柵のあいだからもぐり入ったものらしかった。

「蝶子ちゃん」

蝶子は花の束をもっていた。立ち上るときょとんと久留島の方をみたが、ゆっくり歩いてきた。

「蝶子ちゃんにお菓子をくれた人だがね、寺西の助市さんのことだ」

久留島はやさしくきいたのだ。

「何ていってくれたのかね」

「寺西のおっつぁんお酒呑んではったえ。家ィ入ってきて、あてにだまってお菓子をくれはったンや。なんにもいわはらへん。だまってはった」

と蝶子はこたえた。

「寺西のおっつぁんはそれまで、お父ちゃんのところにきたことがあったかね」

「ううん」

と蝶子はおかっぱの頭を振った。

「その日がはじめてかい」

「ふん」

寺西助市は一ども入ってきたことのない田島与吉の家へ、なぜ入りこんで、一人ぼっちの蝶子に菓子などくれたのだろう。

「お菓子はどんなだったい」

「ねじりん棒」

と蝶子はいった。それは、普通の駄菓子屋にはなくて、市などがたった場合に旅商人が売るものだった。寺西は六孫市で買ったのだろうか。飯山殺しが田島に嫌疑がかかって、うまく逃《のが》れられそうになった寺西は、蝶子にだけは良心の責めを感じたのかもしれない。

「ありがとう」

久留島は汽車の走ってくる広い構内をいつまでもみつめていた。草叢《くさむら》の中にしゃがみこんだ蝶子は孤独にみえた。

この娘のために、父親を戻してやらねばならない。どうしても真犯人を挙げてやらねばならない。久留島は急ぎ足で貧民窟を横切った。

久留島誠弁護士の努力と、七条署の渡部警部補の力で、寺西助市が逮捕されたのは四月十三日だった。寺西は三重県松阪市の運送店で見つかった。寺西は七条署に連行された。渡部警部補の口から、無実の罪で田島与吉が六年の刑をうけ、刑務所送りになるかもしれぬときいても、はじめは犯行を否認していたが、田島の家に蝶子という娘がひとりで留守居していると、警部補がしんみりした口調でいったとき、寺西は急に泣きだした。

自供したのはそのあとである。三木、葉山、中野の上乗り仲間と共謀して、二十一日の夜、六孫王境内に飯山を待ち伏せて、三木の家からもってきた肉切庖丁で自分がひと突きにした、と供述した。動機は、久留島弁護士の判断したとおり、セメント横領を沢田組作業場にいた飯山に嗅ぎつけられ、飯山からたびたびの脅迫をうけていたためである。

「いっそのこと、バラしてしもたろ思うて、殺《や》ってしもうたんどす」

と寺西助市はうなだれていった。

田島与吉は即日釈放された。

七

田島与吉は六孫裏の蝶子の待っている家に帰ってきた。与吉の無実の罪が晴れたのを喜んで、隣近所から大勢の連中が集まってきて、いろいろと話しかけてきたが、与吉は人が変ったように押しだまっていた。じっさい、与吉はカマキリのように痩《や》せていた。顔いろには生気がなかった。刑務所の生活がひどかったことを物語っている。橋爪のおばはんが心配して、与吉にいった。

「何を喰うてたんやね、栄養のあるもんはくれなんだんとちがうか。あんた、顔いろがわるいし、気ィつけんとあかんがな」

与吉はだまって顔をみていたが、ぽつりといった。

「ひどい目ェにおうてきた。出水ちゅう検事は悪い奴ちゃ。わいの手ェを縄でしばって、刑務所の天井につるしよった。わいが飯山を殺したと白状せえへんさかい、短気おこしてわいを殴《なぐ》ったり蹴ったりするねや。わいは恐ろしゅうて、飯も咽喉《のど》に通らなんだ。胃袋の皮がひっついてしもうて、何喰うても受けつけてくれへん」

与吉は腕をまくった。骨ばった二の腕のあたりに縄でしばられたあとがあり、肩から二寸ばかり下方にみみずばれのした傷痕《きずあと》がありありとみえる。

「ひどいことしよった。わいは、仕方のう、飯山を殺したいうたンや。ほしたらな、せっかんするのをやめてくれよった。悪魔みたいな奴ちゃ。鬼検事ちゅうけど、あんな男をいうのやな。わいはあの男のことは忘れたらんぞ。一生かかっても、恨み殺したるぞ」

血走った与吉の眼は、どことなく生気がなく、とろんとしているのを橋爪のおばはんはみて、大きな吐息をつくのだった。与吉はしかし、あそんでいるわけにもいかないので、ふたたび、蝶子を車に載せて屑拾いに出かけたが、昔のように梶棒《かじぼう》をにぎる手にも、足はこびにも元気がなかった。車をひくにも脂汗をながしていた。

夜、蝶子は、父親のわきに寝ていて、大きなうめき声をたてる与吉の声に眠りをさまされた。

「やめとくれやす。やめとくれやす。わいはなんにもわるいことしてェへん。堪忍《かに》しとくれやす。堪忍しとくれやす」

与吉は泣くのである。うめき声はとぎれとぎれだったが、蝶子にもはっきりそのように聞えた。

田島与吉が寝ついたのは刑務所から帰ってきて八日目である。発熱して三十九度の高熱がつづき、六畳間の隅のせんべい蒲団にくるまって、腐った魚のようなとろんとした眼を天井に向けてうなされていた。極度の心臓衰弱と、前日の雨中の屑拾いがたたって急性肺炎になったのである。十二日目に田島与吉は死んでいる。医者は枕もとにきて、死亡診断書を作成する時にこういった。

「疲れが出たゝですな。そこへむけて栄養失調と、肺炎です。岩乗な人でも、参りますよ。抵抗力がなかったゝです」

蝶子は父の死ぬのを枕もとでみていた。息をひきとる時に蝶子は、カマキリのようにやせ細った蒼白い手をさしのべて、父が何かいおうとしている言葉を、橋爪のおばはんに軀を押されるようにして聞き入った。父の声はうわずって、はっきりききとりにくかった。

「蝶、蝶、……蝶、蝶」

と与吉の声はきこえただけである。ひっこんだ皺《しわ》くちゃの眼尻に、水滴のような涙が光っていた。六歳の娘をのこしては死ぬにも死にきれなかったのであろう。娘の小さい手を力なくにぎったまままこと切れた。

八

二十年の歳月が流れた。

昭和三十三年ごろ、京都の上京区今出川《いまでがわ》千本を西に入ったところにある上七軒《かみしちけん》に蝶子という芸妓《げいこ》がいた。蝶子は二十六歳であった。年のわりにふけてみえる顔だちだったが、黒眼の大きな、鼻筋の通った顔だちは美しかった。小柄だけれど、しまった中肉の軀つきである。男好きのするところがあって、かなりこの妓《こ》は売れた。蝶子が出ている館《やかた》は「長谷山《はせやま》」といったが、上七軒では古い方だった。六十すぎのおたつというお上《かみ》がいて、宮川町の傾きかけた芸妓屋に見習をしていた蝶子をみつけて、そこのお上から貰いうけて、手塩にかけて育てあげたのである。

蝶子は宮川町以前のことについて、つまり彼女の出生から十二、三歳までのことについてはあまり人に喋らなかった。「長谷山」のおたつもくわしいことは知らなかった。たぶん、どこか貧しい家に育って、小さい時から転々して宮川町に売られてきたに相違ないとおたつは思い、器量もわるくないし、性質もおとなしい蝶子をかわいがっていた。蝶子は十七で座敷に出た。落ちついていて、愛嬌もあるので、お客は蝶子、蝶子といって席へよんだ。花代も蝶子は稼《かせ》ぎ頭《がしら》の方に廻った。

上七軒は昔から西陣の織屋町の旦那衆が中心になって栄えた遊里である。今出川通りの電車道から北野神社の裏門に通じる細い露地のような道の両側に、格子戸のはまった古風な置き屋のならんだ風景は、昔のままであったが、しかし、蝶子の出ていたころは、昔とくらべて内容はずいぶんちがってきていた。

　芸妓は奉公人としての五年を終えると一本になり、館の二階に自室をあてがわれて、お上に下宿料を払って、自分で花代を稼ぐように変ってきている。したがって、嫌いなお客だったら、出なくてもいい。恋愛も結婚もまた自由である。「旦那」といわれる昔ながらのスポンサーはあったにしても、これとても、自分が嫌いだったら勝手に取りかえてもいいという、民主的な制度になっていた。けれども、先斗町《ぽんとちょう》や、祇園《ぎおん》の花街とちがって、上七軒にはまだ昔の独得の情緒が残っていたといえた。どちらかというと妓《おんな》たちは古風なのである。観光客にもまれて、すっかり、バアやキャバレーの女たちと変らなくなり、カツラをかぶって、ツマをとってはいるものの、ひと皮はげば、普通のホステスと変りなくなった芸妓の中で、上七軒の妓たちはどこか田舎っぽいところがあった。それはこの町の建物にも出ていた。どの家も古ぼけていて、奥へ入ると、ギシギシと床のきしむ廊下があり、うす暗い小部屋がいくつも切ってあって、部屋も廊下も煤《すす》けてかたむいていた。そんな店の二階の、陽のさしこまない格子窓のある小部屋に鏡台と桐のタンスを壁際に置いて、妓たちはじっと坐って座敷からの電話をまっていた。

　蝶子には旦那があった。しかし、この旦那は、三十二年の冬に店が傾きかけて、そのころは「長谷山」へ顔をみせていなかった。今出川智恵光院にある薬屋の主人である。この薬屋は荒井利七といった。利七はすでに六十七である。ずんぐりした肥満体の男で、胡麻塩の、額から広くはげ上った頭を光らせて、景気のよいころには三日にあげず蝶子のもとに通ったものだが、店が息子の代になって、その息子が利七の遊興に輪をかけた道楽をするようになると、店が荒れはじめた。利七は人の好いにくめない性格だったし、蝶子は、「利ィ爺ちゃん」といって三年ぐらい世話をうけていた。その利七の足が遠のきはじめると、蝶子はちょっと淋しそうだった。明るかった気性が、どこやら沈み勝ちになって、一日部屋に閉じこもって本などよんでいる。「長谷山」のおたつは、蝶子に次々とスポンサーの口をもってきた。しかし、蝶子は首をタテに振らなかった。といって、働くのをサボってばかりいたというわけではない。どんな宴会にも出た。

「北野おどり」というのがあった。年に一ど、「鴨川《かもがわ》おどり」や「都おどり」に対抗して上七軒が北野会館で催す踊りだが、蝶子はこの会にもセリフのある役をふられて出ている。踊りも巧《うま》かった。おたつの仕込みで、三味線もひけたし、小唄もうたえた。旦那と手がきれたという噂がひろまると、ますます、蝶子の株が上った。西陣の客たちは、宴席に蝶子がくると、旦那と切れてから、どことなく面やつれしてみえる蝶子の沈んだような眼もとに見惚《みと》れた。

「長谷山」には、勝菊という同じ一本の妓がいたが、蝶子は勝菊とも仲がよかった。いっしょに検番で行われる踊りや花のお稽古にも通っていたが、それもひとりで通うようになった。

三十三年の四月十六日のことである。「長谷山」へ珍しい客のお座敷がかかってきた。京都地方検察庁に赴任してきた次席検事の出水俊三の一行である。南禅寺の「たか安」へ若い妓《こ》を六、七人あつめてくれ、ということだった。検察庁の客とは珍しい。「たか安」とは「長谷山」のおたつは懇意だったので、「たか安」の帳場からこの電話がかかってきたのである。

おたつは、「長谷山」から蝶子、勝菊、「なだや」から勝綾、昭菊、「吉川家」から、豆千代、豆八をよび、六名を「たか安」にさしむけている。引率していったのは一ばん姉芸者の勝菊である。おたつの妹芸者にあたる女で、蝶子もこの勝菊を姉として一本になっていた。

六人の芸妓が夕刻六時からひらかれる「たか安」の宴会のために到着したのは五時五十分である。時間をきっかり励行するのも、上七軒の律義《りちぎ》さをあらわす習慣といえた。

九

宴席には二十人あまりの法曹《ほうそう》関係者がいた。会の目的は、次席検事として東京から赴任してきた出水俊三検事を歓迎するにあった。したがって、列席者の大半は検察関係者である。二、三の若い事務官も混じっていたが、出水検事は四十八歳に似合わず、ひどく老《ふ》けてみえた。それは、特徴のある白髪のせいであった。出水の頭髪は雪をのせたようにふさふさと白い。髪が白いから、浅黒い顔がいっそう黒くみえる。ひと皮眼のつり上った両眼と、せまい瞼《まぶた》の上に太い箒《ほうき》のような眉があり、あぐらをかいた小鼻と、下唇のとび出たような顔は、この検事がむかし、京都地方検察庁に初赴任してきた頃の若い面影をそのままもってきたという方があたっている。

人相というものは、そんなに変るものではないらしい。後天的な生活や環境で、よく人相が変ると人はいうけれども、造作自体はそんなにかわるものではない。四十を過ぎた顔はその人の責任である。出水は相変らず、陰気な光をなげる眼をしていたし、人を小馬鹿にしたようなふくみ笑いをもらす時に、上くちびるをひんめくるようにして、金冠とプラチナをはめた前歯を大きく露出した。

芸妓たちが座敷に通って酌をし始めた。はじめ、この出水の顔をみて、どの妓たちも、好かん爺さんやわ、という顔をした。中でも、さっと顔色をかえたのは蝶子であった。わるいめぐりあわせといえた。気を利かした勝菊が、上座の席にむけて、若手の妓を配ったのである。蝶子は徳利をもったまま、出水の真前で、膝《ひざ》をカチカチに強張《こわば》らせて息を呑んだ。

〈忘れもせん顔や！〉

蝶子は背すじがぞっとするような出水検事の視線をうけて、軀をますますちぢこめた。出水の眼は、むかし、六孫裏のトタン屋根のひしゃげたような家をたずねてきて、そこらじゅうの屑籠をひっかき廻した男の眼であった。

〈悪い奴ちゃ。自分が出世したいために、わいを無理に犯人にしてしまいよったンや。わいの手ェを縄でしばって、天井につるしあげよったんや〉

父が近所の人たちにいいとおした言葉が思いかえされた。屑籠が三つならんだ下の方の箱と籠との中にはさまって、蝶子は死ぬ四日前まで、京の町を父に曳かれて歩いたことをおぼえている。

忘れはしない。与吉が六孫裏殺人の犯人だとする検事局の発表を新聞が書きたてていた。世間の人は、娘をのせた年老いたヤモメの屑屋が、ふたたび町に現われると、無実であったことを喜んではくれたが、取調べをうけた長い日々に与吉がいったいどのような調べに出合ったかを聞くのがたのしいらしかった。車をとめて、

〈出水ちゅう検事ですねや。人相のわるい男でしてなァ、心もそれに輪ァかけてますわ。わいを犯人に仕立てて、勝手に調書をつくって、六年も刑務所ィゆけいいよったんどす。自分が京都へ赴任した最初の仕事やそうどすさかい、どないしても、わいを犯人にせんと、上司に顔がたちまへんのやな。それで、わいはこんなにせっかんうけて傷だらけのやせた軀になりましたゝや〉

腕をまくって、人びとに見せて歩いている父のみみずばれした細い腕を、蝶子は車の上の紅柄の座蒲団の上で飴《あめ》をしゃぶりながらみていた。父は口惜しかったのであろう。出水検事を恨み通して病気になった。そうして、寝ついた末に、悶死《もんし》したのである。

「蝶、蝶……」と四ど蝶子の名をよんで、こと切れた時、蝶子は、あの枕もとで、じっといっしょに坐っていてくれた向いの橋爪のおばはんや、虎次郎の顔が忘れられないのだ。蝶子の人生は、父の死によって大きく変った。

〈何もかもこの男の立身出世欲の犠牲になったゝや！〉

蝶子はそう思うと、その時、何喰わぬ顔で床柱に背中をもたせて、大勢の検察官や、市の有志から、盃《さかずき》をうけて談笑している出水の顔にむらむらと憎悪がわいた。と、急に、蝶子はその瞬間、徳利をもった手が大きくふるえ、視界がぼうーっとかすむのをおぼえたのである。

「お姐《ねえ》さん、うち、気分がわるうなりましたン。すんまへんけど、帰《い》なしてもらえしまへんどっしゃろか」

控えの間で、三味線の糸をあわせていた勝菊のところまできて、蝶子は力のぬけた足をひきずって耳打ちした。蝶子の顔は蒼かった。勝菊はびっくりして、

「お酒よばれたンかいな。熱があるのんかいな」

ときいた。

「ううん、ちっとも呑んでえへんのやけど、何やしらん、急に目まいがしますのや」

と蝶子は力なくいった。

じっさい妙なことだった。蝶子は出水の浅黒い顔と、射すくめるようにみられた眼を見たとたんに寒気がした。軀がふるえたのである。瞬時の変化だった。手足の末端が急にかすかなしびれをおびて、耳がなった。

「けったいななァ、大事におしや。ほな、お母さんに車よんでもろたげる」

と勝菊が三味線をおいて、「長谷山」に電話した。八坂《やさか》タクシーのハイヤーが一台廻されて、ようやくざわめきはじめた宴席から、蝶子が消えたのは七時であった。蝶子は「長谷山」へ帰ると二階の格子窓の下に敷いた蒲団にくるまって眼をつぶった。

とめどもなく涙がながれた。出水の顔をゆっくり思いだした。おそろしい顔だった。橋爪のおばはんのひきつったような顔と、耳上の頭半分をはげ頭にし、ざんばら髪をふり乱した姿が出水の顔と重なった。

〈蝶子ちゃん。宮川町へいったらな、おばはんのいうことよう聞いてな……かしこうしてんとあかんえ。ほれ、うちのおっちゃんが買うてくれはったこぼこぼやがな。これ履いておばちゃんとこへいってな。かしこうしてんのやで！　ええな〉

と、六孫裏の小さな家から、宮川町の近江《おうみ》屋のお上にもらわれていったのは父の死んだ年の秋だったと思う。蝶子は橋爪のおばはんに手をひかれて東寺の朱塗りの門前を通り、高架橋の砂利道を風にふかれて七条まで歩いた。畳おもての背の高いおこぼが重く、何ども、何ども高架橋の上から、梅小路の引込線の向うにみえる六孫の森をふりかえった、その日のことを思いうかべた。

蝶子はそれから長いあいだ六孫裏に行っていない。上七軒にきてから、一ど車で八条から坊城をぬけ、昔の家のあたりを見て歩いたことがあった。終戦二年目のころであったろうか。すでに、貧民窟のあとは失くなっていた。車を下りてから、橋爪のおばはんや、「一二三」の消息をたずねたが知っているものはなかった。六孫王神社のわきを流れていた、せまいどぶのような溝川も埋められていたし、八条通りの片側町には、むぎわら膏薬《こうやく》を売っていた薬屋や、漬物屋や、八百屋の、荒い格子戸のはまったひろい店もなくなっていた。どの家ももたやみたいに変り、戸をしめたひっそりした住宅になってしまっていた。蝶子は住んでいる人びとが変ってしまっていることを知った。

「長谷山」に帰ってから寝ついた蝶子は、三十八度の熱をだした。

「どないしたえ。けったいな熱やないか」

蝶子が翌朝になっても起きないので、「長谷山」のおたつは心配して医者に診せようといった。いってみれば、蝶子は一本芸妓とはいえ、「長谷山」にとっては看板娘なのである。この妓に寝こまれては、収入にひびいてしまう。

北野神社の裏にある内科医の内田という年輩の医者が、おたつから電話をうけて往診にきたのは四月十七日のひるすぎであった。医者は聴診器を蝶子の白い胸にあてて首をかしげていた。階下へ下りてくると、おたつにささやくようにいった。

「だいぶ、ひどおっせ。ここどすヮ」

と医者は胸に手をあてていった。肺結核だというのであった。聴診器でそれがはっきり聴きとれるほどだからと医者はいった。

「安静にせんとあきまへんなァ。いっぺん熱がひいたらレントゲンかけてみんとあきまへん。血液検査もせんとあきまへんな」

おたつの顔いろが変った。

蝶子は五日目に内田の卒業した府立医大で精密検査をうけた。右肺下方に拳大《こぶしだい》の空洞を医者はみとめている。

「あんた、働いていて、芯《しん》のだるいようなことはなかったンかいな」

とおたつは府立医大からの帰りの車の中で蝶子に問うた。

「だるいことはあったけど、お母さん、今日までうちは、お母さんの世話になって大きゅうしてもろたゝやさかい、お座敷がかかるとことわれしまへんやろ。せやさかい、ちっとぐらいだるうてもいってましたゝや。『たか安』さんにいった時にな、何やしらんけど急にふらふらとしてしもて、びっくりしましたゝや。やっぱり、うちの軀はわるおすのか」

おたつは涙ぐんでいった。

「検番には健康保険もあるしなァ。あんた今のうちにゆっくりなおさんとあかんぇ。お医者はんもお座敷へ出るのゝは無理やいうてはったし、大事にして、また、ようなって働いてもらわならんさかい、養生おし」

おたつは次の妓をどこから見つけようかと心配の顔であった。蝶子はそんなおたつの白眼の多い大きな眼をみつめてわずかに顔いろをかえた。しかし蝶子は笑っている。

「お医者はんは商売やさかい大げさなこといわはったんやな。うちは負けへん。お母さん。うちは病気みたいなもんに負けへん。お座敷ぐらいへっちゃらやがな」

とはしゃいだようにいった。

十

六月の梅雨空のうっとうしい一日である。夕刻五時ごろ、南禅寺の「たか安」から「長谷山」に電話があった。芸妓をひとり廻してくれという。「たか安」の帳場からお上がいった。

「蝶子ちゃんをおくれやすな。お客さんは次席検事さんやさかい……仲ようなっとくと、ゆくゆくはええことがありまっせ」

おたつは二階をにらんで、ちょっと舌打ちした。勝菊は出はらっている。家には二、三日前から、蒲団をあげて、映画をみたり、北野天神を散歩したり、ぶらぶらしている蝶子がいるだけであった。「たか安」のせっかくのお名ざしを断わるのも惜しい気がした。おたつは、
蝶子はいま、ちょっと表へ出てます、五分ほどしたら帰ってきますさかいに、すぐ電話さしてもらいまっさ、と電話を切った。二階に上った。

「『たか安』さんやけどなァ、蝶子はん、次席検事さんがぜひともいわはるねや。あんた、いってくれるか」

とたのむような口ぶりでいった。蝶子の肩がびくっとうごいた。お上は日ごろからゆっくり養生しろといってはいるけれど、店が忙しくなってくると、つい、座敷へ出てほしいのだという顔を露骨にした。

「熱はもうあらへんのやろ」

「『たか安』さんどすな、ほんなら、うち、よせてもらいまっさ」

と蝶子はいって、鏡台の前で、ひき出しをあけて何やら捜していたが、白い瓶《びん》を手にとった。

そしていくらか痩せ細った顔のあたりを撫《な》でていたが、

「ハイカラでよろしのどっしゃろ」

「ハイカラでよろし。重たいもんつけんでもええいうてはったさかい」

おたつは愛想笑いをした。ハイカラというのは断髪のまま、座敷着に羽織をきてゆくことをいうのである。

「うちにいたかてくさくさするさかい、『たか安』さんやったらうちゆきまっさ。あこの、おっきい池が好きどすのや。お母さん、つつじの花がいっぱい咲いてまっしゃろなァ」

と、蝶子はそんなことをいいながら、ひき出しの瓶をとりだして化粧をはじめた。おたつはうしろ姿をみていたが、すっかり元気をとりもどしているように思った。心なし、顔いろもよくなっている。胸も張ってきたように思った。

「無理せんとなァ」

とおたつはいって、階下へ下りた。

蝶子が紫無地の着物に白レースの茶羽織を着て、臙脂《えんじ》のハンドバッグを手にして出かけたのは六時二十分である。上七軒の通りはすでにうす暗かった。車にのるとき、「吉川家」の豆八が、かつらをかぶって通りすぎようとしたが、

「蝶子はん、もうよろしおすのかァ」

とよってきてガラス窓をたたいた。同じ年ごろの妓である。蝶子がハンドバッグの止め金をあけて、中に入れた白い小瓶をあらためているのを豆八はみた。蝶子はギロッとした蒼い眼をむけた。だまっていた。車は走りだした。

十五分後に、蝶子は「たか安」に着いている。帳場から、「たか安」のお上が馬のような顎《あご》の長い顔をのぞかせて、

「待ってはりまっせ。えろ、おそおしたな。離れのあやめどすわ」

というと、蝶子はこっくりうなずいて、あやめに通じる小暗い石畳を、草履をするようにして歩いていった。八畳の間に、四畳半の控えの間のついているあやめは、篠竹《しのだけ》の植わった白砂の庭にとりまかれていて、小さな玄関があって小格子の戸がしまっていた。茶室のようなつくりのひっそりした部屋であった。蝶子が入ってゆくと、黒檀《こくたん》の机をはさんで、出水俊三と、遠山という四角い顔の眼鏡をかけた五十年輩の男が何かはなしていたのを急にとめた。眼を集中させた。

「おおきに」

と敷居に手をついて頭を下げる蝶子の方をみた。蝶子は蒼く透けたように澄んだ顔をしていた。

「やあ、これは、久しぶり」

出水俊三は黒紫色の上くちびるをめくって、たばこのヤニのついた歯をみせた。微笑して遠山にいった。

「上七軒の妓でね。なかなかの別嬪《べっぴん》さんや」

遠山という紳士は背広の襟《えり》をかきあわせるようにして、眼をすぼめた。

「赴任早々に、もう、恋人が出けましたゝかいな。結構なことで……」

卑屈にみえる愛想笑いをした。蝶子は、ふたりの顔を見くらべるようにみていたが、出水と視線があうと、急におびえたように顔を伏せた。やがて、勇気が出たように卓に近づいてゆくと、遠山のわきに坐って徳利をとった。

「えろう、おそなってすンまへんどした。おさかずき、うちにもいただけませんやろか」

「おそがけ三杯ちゅうことがあるな。どんどん呑んどくれ」

出水は毛の生えた浅黒い手をさしだして、朱塗りの盃洗《はいせん》から盃をあげ、一、二ど滴《しずく》をはらってから蝶子にわたした。ゆっくりと酒をついだ。心もち指先がふるえている。

「おおきに」

蝶子はきゅっとそれを呑みほした。遠山は、何となく病人相にみえる蝶子の耳うらのあたりの生気のない皮膚に赧《あか》みがさすのをみると、ふと出水の顔をみた。出水は爛々《らんらん》と光った眼をすえて、蝶子をみつめている。蝶子もまた、切れ長の眼をすえるようにして、出水をにらんでいる。瞬間、遠山は、気づまりな雰囲気が部屋にみなぎるのをおぼえた。

出水俊三に招待されたこの夜の宴席は、べつに、緊急な用事があったわけではない。京都弁護士会の理事という要職にある遠山貞之は、次席検事として赴任してきた出水が、とつぜん、電話をかけてきて、いっぱいやらないかといってきたのを、軽い気持でうけたのである。「たか安」までかけつけてきてから四十分ほどたっていた。すでに出水が妓《おんな》をよんであったらしい。これもべつだん不思議なことではない。よくあるケースである。

しかし、遠山は、蝶子と出水の出会いの表情には何かただごとでない切羽つまったようなものを感じた。急に気づまりをおぼえると、出水がこの妓をよんだのは最初からの計画で、自分が刺身のつまになったのではないかという気もした。女には目のない出水のことは赴任前からきいていたから、遠山は、いっしょにそうしていることが無粋なような気がして、中座する心がわいた。

「えろう親しい仲やな。ふたりとも眼ェの色がちがいまっせ」

そういうと、遠山は蝶子をみた。蝶子は眼尻にわずかなしわをよせて微笑しただけである。まだ出水検事をにらんでいる眼はかわらなかった。遠山が気をきかして座を立ったのはそれから二十分のちである。小用にゆくような顔をして、「たか安」を出ている。

京都地方検察庁の次席検事出水俊三が死んでいたのは、それから二時間後である。南禅寺の「たか安」の離れ座敷である。母屋《おもや》から下駄をつっかけて、三十メートルほどタタキを通ってゆかねばならない。この篠竹の植わった砂の庭にとりまかれた平屋の別棟は、検事の死体だけをのこしてひっそりしていたのだった。弁護士の遠山が一時間ほどで退座したその後のことは、出水と蝶子しか部屋にはいなかったからわからないが、蝶子が帰って暫《しばら》くしても物音もしないので、女中が九時になって、離れをのぞいてみると、出水は、卓の上に、うつぶせになっていた。はじめ女中は、眠っているのかと思った。よくみると変である。盃とコップが卓上にころがっている。それに、耳うらのあたりが妙に白っぽい。気持わるくなって帳場にきて知らせたことから、大騒ぎになった。検事は死んでいた。

五条署から刑事が二人飛んできて、死体を所見した。青酸中毒の症状がありありと出ていた。口腔内、咽喉《いんこう》に、苦扁桃《くへんとう》の臭いのする粘液がみられたのだ。

「自殺ですかな」

首をかしげる者がいた。

「おかしいじゃないですか。赴任してまだ二ヵ月しかたたない次席さんが自殺するなんて……ここで会っていた男は誰ですか」

お上がこたえた。

「遠山さんという弁護士《べんごっ》さんと、芸妓の蝶子どす」

刑事は遠山の名を知っていた。京都の弁護士会では著名であった。市の役員もしている男である。そんな人が次席検事を殺すなんてことは先ず考えられない。

「芸者というのは祇園からですか」

「いいえ、上七軒どすねや。蝶子いうて、愛想のええ、おとなしい妓ォどすけど」

とお上はいった。

五条署の刑事はさっそく、別々になった。一人は遠山弁護士をたずね、一人は上七軒に蝶子をたずねた。遠山は自宅にいたけれども、「長谷山」に蝶子はいなかった。

蝶子は行方を絶った。殺人事件として、五条署が芸妓蝶子を容疑者として追及することになったのはその翌日、六月十五日のことである。出水俊三に自殺する動機がなかったことと、遠山弁護士の証言で、蝶子と出水が、「たか安」で会っている顔つきをみたところ、ふたりはどこか、昔馴染みのようであったということにもよった。

「昔馴染みといったって、……一ど歓迎会の席上で蝶子はあっていますね」

と刑事はいった。

「一どか二どのつき合いではないようなかんじでしたよ。出水さんは、あの鬼瓦のような眼をしょぼしょぼさせて、蝶子の手をにぎっていましたしね。二人とも、異様な眼で、しばらく向きあったまま、だまっているんです」

と遠山はわずか二十分ほど同席していた時の模様の説明をした。遠山が中座してから一時間ほどして、蝶子は離れから帳場へ出てきている。

「お母さん、おおきに」

といつもの声をかけて外に出ていったそうだ。お上は、検事がどこかで、待ち合せでもしたのかと思って、帳場から、蝶子が帰ってゆくのを見送った。花時間の計算もあったから時計をみると八時である。

「蝶子が青酸カリを呑ましたンですよ、きっと」

刑事がいうと、みなは大きくうなずいた。

「ふたりの過去を洗ってみる必要がありますね」

しかし、蝶子を訊問してみれば、そんなことはわかるはずであった。「長谷山」にきた刑事は夜おそくまで油虫のように台所にへばりついて待っていたが、深夜になっても蝶子は帰ってこなかった。おたつは蒼くなった。

「四月の月なかから、軀をわるうしましてな、寝たり起きたりでしたゝやけど……お医者さんもパスさえ呑んで無理せんように働いてたらええいわはったもゝどすさかい、今日はじめて出たゝどすがな。出がけには元気にゆきましたゝやけど」

蝶子が人殺しをしたのではないか、と疑われている。おたつはふるえ声でいった。

「あの妓が人に毒を呑ます。そんなことはどうしても考えられしまへん。ええ妓ォどす。人さんにそんなことするような妓ォやおへん」

と顔いろをかえて何ども刑事にいった。

ついに蝶子は帰ってこなかった。

新聞は現職検察官の怪死を報じ、芸妓蝶子犯人説を書きたてて、次席検事殺人事件として大きく取りあげた。京都市中はこの記事で大騒ぎになった。

しかし、芸妓蝶子の行方は杳《よう》として知れなかったのである。どこか遠くへ逃亡したかもしれぬという説と自殺説が流れた。蝶子の死体が見つかったのは四日目の六月十八日のことである。

下京区八条通り坊城西入ル六孫王神社裏の東海道線の傍にある野っ原で発見された蝶子は、十四日に「たか安」へ着ていったままの装《なり》で死んでいた。野っ原が鉄道線路に向って傾斜になり、三角形のかなり広い草地になっている地点である。そこは、すでに夏草のおいしげった湿地であった。六孫王の神社裏のまばらな雑木林の下にもなっているので付近はひどくじめじめしていた。蝶子は十四日の夜、ここまで歩いてきたに相違なかった。蝶子はうつ伏せになって死んでいたが、着物の裾はきれいにそろえて紐《ひも》でゆわえてあった。そこに坐って、ゆっくり毒を呑み、そのあとで、うつ伏せに倒れた模様がありありと想像できた。蝶子の死体のわきには、いちめんに黄色いきんぽうげの花が咲いていた。

「妙なところで死んだもんですね」

警官たちは首をかしげた。

「きっと、病気が嵩《こう》じているのを悲観して、昔馴染みの次席検事を道づれにしようとして、死にきれず、こんなところまできて死んだのに相違ありませんね」

本籍地も判然としていない孤児同様の蝶子の死体は、七条署に運ばれ、府立医大で解剖されたが、両肺はすでに大きな空洞と化していた。医者は眼をそむけた。

「ひどい軀で働いていたもんだ」

芸妓蝶子の死について、はっきりした判断をもった男が一人いた。それは、北九州小倉《こくら》市で弁護士をしている久留島誠という六十四歳になる人であった。元京都市弁護士会所属の官選弁護人をしていた人である。久留島はこの新聞記事を読んで、次のような手紙を京都検察庁宛に送ってきた。

二十年ほど前に、六孫王神社境内で起きた、私が弁護担当した建築請負人夫の殺人事件があります。出水俊三検事は当時、大阪から京都に新任してきた少壮の検事で、田島与吉という屑拾いの男を犯人と推定して検挙拘置しました。かなり、きびしい訊問をつづけて、自白を強要、田島は六年の懲役を求刑されました。しかし、事件発生後五ヵ月目に真犯人が出て、田島は釈放になりました。田島与吉はふたたび屑拾いに専心していたようでありますが、まもなく、拘置中の無理がたたって死亡しました。その田島与吉は独身者でしたが、死んだせきという細君との間に娘がいたはずです。お蝶、お蝶、といってかわいがっていました。戦前京都の町々を、与吉は、屑籠をのせた車に紅柄の座蒲団をくりつけ、その上に、すやすや眠っているお蝶をのせて、曳いていたものです。父といっしょに屑拾いをしていた娘が本事件の蝶子ではないでしょうか。誰か、そのころの、あの蝶子さんを知っている人はいないものでしょうか。出水検事の死も、その間の事情の中に糸をひいているものと思われます。老生、すでに年来の元気もなく、目下病臥《びょうが》中で如何《いかん》とも出来ません。よろしくお調べ下さい。当時、六孫裏には貧しい人びとが多く、その住宅地と、鉄道線路とのあいだに、野原があったことはたしかです。私は、六歳の蝶子が黄色い名も知れぬ花々を孤独に摘んであそんでいるのをみたことがあります。本人が犯行後、死をえらんだ場所も、私にはうなずけるような気がします。

黄色い花がいっぱい咲いていましたが、老生の眼には、いま、それが生きた蝶のような気がしてなりません。

高瀬舟

森鷗外

森鷗外（もりおうがい）一九六二年～一九二二年

陸軍軍医となり、一八八八年にドイツ留学から帰国すると、「舞姫」や翻訳『即興詩人』などを発表して文筆活動に意欲を見せた。軍医として日露戦争に出征したあと、一九〇九年に「ヰタ・セクスアリス」を発表。ほどなく「阿部一族」など歴史小説を。木々高太郎監修の「推理小説叢書」の森鷗外集（一九四六年刊）には「かのように」他が収録されている。

　高瀬舟《たかせぶね》は京都の高瀬川を上下する小舟である。徳川時代に京都の罪人が遠島を申し渡されると、本人の親類が牢屋敷《ろうやしき》へ呼び出されて、そこで暇乞《いとまごい》をすることを許された。それから罪人は高瀬舟に載せられて、大阪へ廻されることであった。それを護送するのは、京都町奉行の配下にいる同心で、この同心は罪人の親類の中で、主立《おもだ》った一人を大阪まで同船させることを許す慣例であった。これは上《かみ》へ通った事ではないが、所謂《いわゆる》大目に見るのであった、黙許であった。

　当時遠島を申し渡された罪人は、勿論《もちろん》重い科《とが》を犯したものと認められた人ではあるが、決して盗をするために、人を殺し火を放ったと云うような、獰悪《どうあく》な人物が多数を占めていたわけではない。高瀬舟に乗る罪人の過半は、所謂心得違のために、想わぬ科を犯した人であった。有り触れた例を挙げて見れば、当時相対死《あいたいし》と云った情死を謀って、相手の女を殺して、自分だけ活き残った男と云うような類《たぐい》である。

　そう云う罪人を載せて、入相《いりあい》の鐘の鳴る頃《ころ》に漕《こ》ぎ出された高瀬舟は、黒ずんだ京都の町の家々を両岸に見つつ、東へ走って、加茂川《かもがわ》を横ぎって下るのであった。この舟の中で、罪人とその親類の者とは夜どおし身の上を語り合う。いつもいつも悔やんでも還《かえ》らぬ繰言《くりごと》である。護送の役をする同心は、傍《そば》でそれを聞いて、罪人を出した親戚眷属《しんせきけんぞく》の悲惨な境遇を細かに知ることが出来た。所詮《しょせん》町奉行の白洲《しらす》で、表向《おもてむき》の口供《こうきょう》を聞いたり、役所の机の上で、口書《くちがき》を読んだりする役人の夢にも窺《うかが》うことの出来ぬ境遇である。

同心を勤める人にも、種々《いろいろ》の性質があるから、この時ただうるさいと思って、耳を掩《おお》いたく思う冷淡な同心があるかと思えば、またしみじみと人の哀《あわれ》を身に引き受けて、役柄ゆえ気《け》色《しき》には見せぬながら、無言の中に私《ひそ》かに胸を痛める同心もあった。場合によって非常に悲惨な境遇に陥った罪人とその親類とを、特に心弱い、涙脆《もろ》い同心が宰領《さいりょう》して行くことになると、その同心は不覚の涙を禁じ得ぬのであった。

そこで高瀬舟の護送は、町奉行所の同心仲間で、不快な職務として嫌われていた。

いつの頃であったか。多分江戸で白河楽翁《しらかわらくおう》侯が政柄《せいへい》を執っていた寛政の頃ででもあっただろう。智恩院の桜が入相《いりあい》の鐘に散る春の夕《ゆうべ》に、これまで類のない、珍らしい罪人が高瀬舟に載せられた。

それは名を喜助と云って、三十歳ばかりになる、住所不定《ふじょう》の男である。固《もと》より牢屋敷に呼び出されるような親類はないので、舟にもただ一人で乗った。

護送を命ぜられて、一しょに舟に乗り込んだ同心羽田庄兵衛《はねだしょうべえ》は、ただ喜助が弟殺しの罪人だと云うことだけを聞いていた。さて牢屋敷から桟橋まで連れて来る間、この痩肉《やせじし》の、色の蒼白《あおじろ》い喜助の様子を見るに、いかにも神妙《しんびょう》に、いかにもおとなしく、自分をば公儀の役人として敬《うやま》って、何事につけても逆《さから》わぬようにしている。しかもそれが、罪人の間に往々見受けるような、温順を装って権勢に媚《こ》びる態度ではない。

庄兵衛は不思議に思った。そして舟に乗ってからも、単に役目の表で見張っているばかりでなく、絶えず喜助の挙動に、細かい注意をしていた。

その日は暮方から風が歇《や》んで、空一面を蔽《おお》った薄い雲が、月の輪廓をかすませ、ようよう近寄って来る夏の温さが、両岸の土からも、川床の土からも、靄《もや》になって立ち昇るかと思われる夜であった。下京《しもきょう》の町を離れて、加茂川を横ぎった頃からは、あたりがひっそりとして、ただ舳《へさき》に割かれる水のささやきを聞くのみである。

夜舟で寝ることは、罪人にも許されているのに、喜助は横になろうともせず、雲の濃淡に従って、光の増したり減じたりする月を仰いで、黙っている。その額は晴やかで目には微《かす》かなかがやきがある。

庄兵衛はまともには見ていぬが、始終喜助の顔から目を離さずにいる。そして不思議だ、不思議だと、心の内で繰り返している。それは喜助の顔が縦から見ても、横から見ても、いかにも楽しそうで、もし役人に対する気兼《きがね》がなかったなら、口笛を吹きはじめるとか、鼻歌を歌い出すとかしそうに思われたからである。

庄兵衛は心の内に思った。これまでこの高瀬舟の宰領をしたことは幾度《いくたび》だか知れない。しかし載せて行く罪人は、いつもほとんど同じように、目も当てられぬ気の毒な様子をしていた。それにこの男はどうしたのだろう。遊山船《ゆさんぶね》にでも乗ったような顔をしている。罪は弟を殺したのだそうだが、よしやその弟が悪い奴《やつ》で、それをどんな行掛りになって殺したにせよ、人の情として好《い》い心持はせぬはずである。この色の蒼い痩男が、その人の情と云うものが全く欠けている程の、世にも稀《まれ》な悪人であろうか。どうもそうは思われない。ひょっと気でも狂っているのではあるまいか。いやいや。それにしては何一つ辻褄《つじつま》の合わぬ言語《ことば》や挙動がない。この男はどうしたのだろう。庄兵衛がためには喜助の態度が考えれば考える程わからなくなるのである。

暫《しばら》くして、庄兵衛はこらえ切れなくなって呼び掛けた。「喜助。お前何を思っているのか。」

「はい」と云ってあたりを見廻した喜助は、何事をかお役人に見咎《みとが》められたのではないかと気遣うらしく、居ずまいを直して庄兵衛の気色《けしき》を伺《うかが》った。

庄兵衛は自分が突然問を発した動機を明《あか》して、役目を離れた応対を求める分疏《いいわけ》をしなくてはならぬように感じた。そこでこう云った。「いや。別にわけがあって聞いたのではない。実はな、己《おれ》は先刻《さっき》からお前の島へ往《ゆ》く心持が聞いて見たかったのだ。己はこれまでこの舟で大勢の人を島へ送った。それは随分いろいろな身の上の人だったが、どれもどれも島へ往くいて、夜どおし泣くに極《き》まっているのを悲しがって、見送りに来て、一しょに舟に乗る親類のものと、夜どおし泣くに極まっていた。それにお前の様子を見れば、どうも島へ往くのを苦にしてはいないようだ。一体お前はどう思っているのだい。」

喜助はにっこり笑った。「御親切に仰《おっし》ゃって下すって、難有《ありがと》うございます。なるほど島へ往くということは、外の人には悲しい事でございましょう。その心持はわたくしにも思い遣《や》って見ることが出来ます。しかしそれは世間で楽をしていた人だからでございます。京都は結構な土地ではございますが、その結構な土地で、これまでわたくしのいたして参ったような苦みは、どこへ参ってもなかろうと存じます。お上《かみ》のお慈悲で、命を助けて島へ遣って下さいます。島はよしやつらい所でも、鬼の栖《す》む所ではございますまい。わたくしはこれまで、どこと云って自分のいて好い所と云うものがございませんでした。こん度お上で島にいろと仰ゃって下さいます。そのいろと仰ゃる所に落ち著いていることが出来ますのが、先ず何よりも難有い事でございます。それにわたくしはこんなにかよわい体ではございますが、ついぞ病気をいたしたことはございませんから、島へ往ってから、どんなつらい為事《しごと》をしたって、体を痛めるようなことはあるまいと存じます。それからこん度島へお遣下さるに付きまして、二百文《もん》の鳥目《ちょうもく》を戴《いただ》きました。それをここに持っております。」こう云い掛けて、喜助は胸に手を当てた。遠島を仰せ附けられるものには、鳥目二百銅を遣《つかわ》すと云うのは、当時の掟《おきて》であった。

喜助は語《ことば》を続《つ》いだ。「お恥かしい事を申し上げなくてはなりませぬが、わたくしは今日まで二百文と云うお足《あし》を、こうして懐《ふところ》に入れて持っていたことはございませぬ。どこかで為事に取り附きたいと思って、為事を尋ねて歩きまして、それが見附かり次第、骨を惜まずに働きました。そして貰《もら》った銭は、いつも右から左へ人手に渡さなくてはなりませなんだ。それも現金で物が買って食べられる時は、わたくしの工面の好《い》い時で、大抵は借りたものを返して、また跡を借りたのでございます。それがお牢《ろう》に這入《はい》ってからは、為事をせずに食べさせて戴きます。わたくしはそればかりでも、お上に対して済まない事をいたしているようでなりませぬ。それにお牢を出る時に、この二百文を戴きましたのでございます。こうして相変らずお上の物を食べていて見ますれば、この二百文はわたくしが使わずに持っていることが出来ます。お足を自分の物にして持っていると云うことは、わたくしに取っては、これが始でございます。島へ往って見ますまでは、どんな為事が出来るかわかりませんが、わたくしはこの二百文を島でする為事の本手《もとで》にしようと楽んでおります。」こう云って、喜助は口を噤《つぐ》んだ。

庄兵衛は「うん、そうかい」とは云ったが、聞く事毎に余り意表に出たので、これも暫《しばら》く何も云うことが出来ずに、考え込んで黙っていた。

庄兵衛は彼此《かれこれ》初老に手の届く年になっていて、もう女房に子供を四人生ませている。それに老母が生きているので、家は七人暮しである。平生人には吝嗇《りんしょく》と云われる程の、倹約な生活をしていて、衣類は自分が役目のために著るものの外、寝巻しか拵《こしら》えぬ位にしている。しかし不幸な事には、妻を好《い》い身代の商人の家から迎えた。そこで女房は夫の貰う扶持米《ふちまい》で暮しを立てて行こうとする善意はあるが、裕《ゆたか》な家に可哀がられて育った癖があるので、夫が満足する程手元を引き締めて暮して行くことが出来ない。ややもすれば月末になって勘定が足りなくなる。すると女房が内証で里から金を持って来て帳尻《ちょうじり》を合わせる。それは夫が借財と云うものを毛虫のように嫌うからである。そう云う事は所詮《しょせん》夫に知れずにはいない。庄兵衛は五節句だと云っては、里方から物を貰い、子供の七五三の祝だと云っては、里方から子供に衣類を貰うのでさえ、心苦しく思っているのだから、暮しの穴を塡《う》めて貰ったのに気が附いては、好い顔はしない。格別平和を破るような事のない羽田の家に、折々波風の起るのは、これが原因である。

庄兵衛は今喜助の話を聞いて、喜助の身の上をわが身の上に引き比べて見た。喜助は為事をして給料を取っても、右から左へ人手に渡して亡くしてしまうと云った。いかにも哀な、気の毒な境界《きょうがい》である。しかし一転して我身の上を顧みれば、彼と我との間に、果してどれ程の差があるか。自分も上から貰う扶持米を、右から左へ人手に渡して暮しているに過ぎぬではないか。彼と我との相違は、謂《い》わば十露盤《そろばん》の桁《けた》が違っているだけで、喜助の難有がる二百文に相当する貯蓄だに、こっちはないのである。

さて桁を違えて考えて見れば、鳥目二百文をでも、喜助がそれを貯蓄と見て喜んでいるのに無理はない。その心持はこっちから察して遣ることが出来る。しかしいかに桁を違えて考えて見ても、不思議なのは喜助の慾のないこと、足ることを知っていることである。

喜助は世間で為事を見附けるのに苦んだ。それを見附けさえすれば、骨を惜まずに働いて、ようよう口を糊《のり》することの出来るだけで満足した。そこで牢に入ってからは、今まで得難かった食が、ほとんど天から授けられるように、働かずに得られるのに驚いて、生れてから知らぬ満足を覚えたのである。

庄兵衛はいかに桁を違えて考えて見ても、ここに彼と我との間に、大いなる懸隔のあることを知った。自分の扶持米で立てて行く暮しは、折々足らぬことがあるにしても、大抵出納が合っている。手一ぱいの生活である。然るにそこに満足を覚えたことはほとんど無い。常は幸《さいわい》とも不幸とも感ぜずに過している。しかし心の奥には、こうして暮していて、ふいとお役が御免になったらどうしよう、大病にでもなったらどうしようと云う疑懼《ぎく》が潜んでいて、折々妻が里方から金を取り出して来て穴塡《あなうめ》をしたことなどがわかると、この疑懼が意識の閾《しきい》の上に頭を擡《もた》げて来るのである。

一体この懸隔はどうして生じて来るだろう。ただ上辺《うわべ》だけを見て、それは喜助には身に係累がないのに、こっちにはあるからだと云ってしまえばそれまでである。しかしそれは譃《うそ》である。よしや自分が一人者であったとしても、どうも喜助のような心持にはなられそうにない。この根柢《こんてい》はもっと深い処にあるようだと、庄兵衛は思った。

庄兵衛はただ漠然《ばくぜん》と、人の一生というような事を思って見た。人は身に病《やまい》があると、この病がなかったらと思う。その日その日の食がないと、食って行かれたらと思う。万一の時に備える蓄《たくわえ》がないと、少しでも蓄があったらと思う。蓄があっても、またその蓄がもっと多かったらと思う。此《かく》の如《ごと》くに先から先へと考て見れば、人はどこまで往って踏み止まることが出来るものやら分からない。それを今目の前で踏み止まって見せてくれるのがこの喜助だと、庄兵衛は気が附いた。

庄兵衛は今さらのように驚異の目を睜《みは》って喜助を見た。この時庄兵衛は空を仰いでいる喜助の頭から毫光《ごうこう》がさすように思った。

庄兵衛は喜助の顔をまもりつつまた、「喜助さん」と呼び掛けた。今度は「さん」と云ったが、これは十分の意識を以て称呼を改めたわけではない。その声が我口から出て我耳に入るや否や、庄兵衛はこの称呼の不穏当なのに気が附いたが、今さら既に出た詞《ことば》を取り返すことも出来なかった。

「はい」と答えた喜助も、「さん」と呼ばれたのを不審に思うらしく、おそるおそる庄兵衛の気色を覗《うかが》った。

庄兵衛は少し間の悪いのをこらえて云った。「色々の事を聞くようだが、お前が今度島へ遣られるのは、人をあやめたからだと云う事だ。己についでにそのわけを話して聞せてくれぬか。」

喜助はひどく恐れ入った様子で、「かしこまりました」と云って、小声で話し出した。「どうも飛んだ心得違で、恐ろしい事をいたしまして、なんとも申し上げようがございませぬ。跡で思って見ますと、どうしてあんな事が出来たかと、自分ながら不思議でなりませぬ。全く夢中でいたしましたのでございます。わたくしは小さい時に二親《ふたおや》が時疫《じえき》で亡くなりまして、弟と二人跡に残りました。初《はじめ》は丁度軒下に生れた狗《いぬ》の子にふびんを掛けるように町内の人達がお恵下さいますので、近所中の走使などをいたして、飢え凍えもせずに、育ちました。次第に大きくなりまして職を捜しますにも、なるたけ二人が離れないようにいたして、一しょにいて、助け合って働きました。去年の秋の事でございます。わたくしは弟と一しょに、西《にし》陣《じん》の織場《おりば》に這入《はい》りまして、空引《そらびき》と云うことをいたすことになりました。そのうち弟が病気で働けなくなったのでございます。その頃わたくし共は北山の掘立小屋同様の所に寝起《ねおき》をいたして、紙屋川《かみやがわ》の橋を渡って織場へ通っておりましたが、わたくしが暮れてから、食物などを買って帰ると、弟は待ち受けていて、わたくしを一人で稼がせては済まない済まないと申しておりました。ある日いつものように何心なく帰って見ますと、弟は布団の上に突っ伏していまして、周囲《まわり》は血だらけなのでございます。わたくしはびっくりいたして、手に持っていた竹の皮包や何かを、そこへおっぽり出して、傍《そば》へ往って『どうしたどうした』と申しました。すると弟は真蒼《まっさお》な顔の、両方の頬《ほほ》から腮《あご》へ掛けて血に染ったのを挙げて、わたくしを見ましたが、物を言うことが出来ませぬ。息をいたす度に、創口《きずぐち》でひゅうひゅうと云う音がいたすだけでございます。わたくしにはどうも様子がわかりませんので、『どうしたのだい、血を吐いたのかい』と云って、傍へ寄ろうといたすと、弟は右の手を床《とこ》に衝《つ》いて、少し体を起しました。左の手はしっかり腮の下の所を押えていますが、その指の間から黒血の固まりがはみ出しています。弟は目でわたくしの傍へ寄るのを留めるようにして口を利きました。

ようよう物が言えるようになったのでございます。『済まない。どうぞ堪忍してくれ。どうせなおりそうにもない病気だから、早く死んで少しでも兄きに楽がさせたいと思ったのだ。笛を切ったら、すぐ死ねるだろうと思ったが息がそこから漏れるだけで死ねない。深く深くと思って、力一ぱい押し込むと、横へすべってしまった。刃は飜《こぼ》れはしなかったようだ。これを旨《うま》く抜いてくれたら己《おれ》は死ねるだろうと思っている。物を言うのがせつなくって可《い》けない。どうぞ手を借《か》して抜いてくれ』と云うのでございます。弟が左の手を弛《ゆる》めるとそこからまた息が漏ります。わたくしはなんと云おうにも、声が出ませんので、黙って弟の喉《のど》の創《きず》を覗《のぞ》いて見ますと、なんでも右の手に剃刀《かみそり》を持って、横に笛を切ったが、それでは死に切れなかったので、そのまま剃刀を、剔《えぐ》るように深く突っ込んだものと見えます。柄《え》がやっと二寸ばかり創口から出ています。わたくしはそれだけの事を見て、どうしようと云う思案も附かずに、弟の顔を見ました。弟はじっとわたくしを見詰めています。わたくしはやっとの事で、『待っていてくれ、お医者を呼んで来るから』と申しました。弟は怨めしそうな目附をいたしましたが、また左の手で喉をしっかり押えて、『医者がなんになる、ああ苦しい、早く抜いてくれ、頼む』と云うのでございます。わたくしは途方に暮れたような心持になって、ただ弟の顔ばかり見ております。こんな時は、不思議なもので、目が物を言います。弟の目は『早くしろ、早くしろ』と云って、さも怨めしそうにわたくしを見ています。わたくしの頭の中では、なんだかこう車の輪のような物がぐるぐる廻っているようでございましたが、弟の目は恐ろしい催促を罷《や》めません。それにその目の怨めしそうなのが段々険しくなって来て、とうとう敵《かたき》の顔をでも睨《にら》むような、憎々しい目になってしまいます。それを見ていて、わたくしはとうとう、これは弟の言った通にして遣《や》らなくてはならないと思いました。わたくしは『しかたがない、抜いて遣るぞ』と申しました。すると弟の目の色がからりと変って、晴やかに、さも嬉《うれ》しそうになりました。わたくしはなんでも一と思にしなくてはと思って膝《ひざ》を撞《つ》くようにして体を前へ乗り出しました。弟は衝いていた右の手を放して、今まで喉を押えていた手の肘《ひじ》を床に衝いて、横になりました。わたくしは剃刀の柄をしっかり握って、ずっと引きました。この時わたくしの内から締めて置いた表口の戸をあけて、近所の婆あさんが這入《はい》って来ました。留守の間、弟に薬を飲ませたり何かしてくれるように、わたくしの頼んで置いた婆あさんなのでございます。もう大《だい》ぶ内のなかが暗くなっていましたから、わたくしには婆あさんがどれだけの事を見たのだかわかりませんでしたが、婆あさんはあっと云ったきり、表口をあけ放しにして置いて駆け出してしまいました。わたくしは剃刀を抜く時、手早く抜こう、真直に抜こうと云うだけの用心はいたしましたが、どうも抜いた時の手応《てごたえ》は、今まで切れていなかった所を切ったように思われました。刃が外の方へ向いていましたから、外の方が切れたのでございましょう。わたくしは剃刀を握ったまま、婆あさんの這入って来てまた駆け出して行ったのを、ぼんやりして見ておりました。婆あさんが行ってしまってから、気が附いて弟を見ますと、弟はもう息が切れておりました。創口からは大そうな血が出ておりました。それから年寄衆がお出《いで》になって、役場へ連れて行かれますまで、わたくしは剃刀を傍に置いて、目を半分あいたまま死んでいる弟の顔を見詰めていたのでございます。」

少し俯向《うつむ》き加減になって庄兵衛の顔を下から見上げて話していた喜助は、こう云ってしまって視線を膝の上に落した。

喜助の話は好く条理が立っている。ほとんど条理が立ち過ぎていると云っても好《い》い位である。これは半年程の間、当時の事を幾度も思い浮べて見たのと、役場で問われ、町奉行所で調べられるその度毎に、注意に注意を加えて浚《さら》って見させられたのとのためである。

庄兵衛はその場の様子を目《ま》のあたり見るような思いをして聞いていたが、これが果して弟殺しと云うものだろうか、人殺しと云うものだろうかと云う疑が、話を半分聞いた時から起って来て、聞いてしまっても、その疑を解くことが出来なかった。弟は剃刀を抜いてくれたら死なれるだろうから、抜いてくれと云った。それを抜いて遣って死なせたのだ、殺したのだとは云われる。しかしそのままにして置いても、どうせ死ななくてはならぬ弟であったらしい。それが早く死にたいと云ったのは、苦しさに耐えなかったからである。喜助はその苦を見ているに忍びなかった。苦から救って遣ろうと思って命を絶った。それが罪であろうか。殺したのは罪に相違ない。しかしそれが苦から救うためであったと思うと、そこに疑が生じて、どうしても解けぬのである。

庄兵衛の心の中には、いろいろに考えて見た末に、自分より上のものの判断に任す外ないと云う念、オオトリテエに従う外ないと云う念が生じた。庄兵衛はお奉行様の判断を、そのまま自分の判断にしようと思ったのである。そうは思っても、庄兵衛はまだどこやらに腑《ふ》に落ちぬものが残っているので、なんだかお奉行様に聞いて見たくてならなかった。

次第に更けて行く朧夜《おぼろよ》に、沈黙の人二人を載せた高瀬舟は、黒い水の面《おもて》をすべって行った。

解説　妖しく、そして切ない京の都

山前　譲

一九九四年、京都の十七の社寺・城が「古都京都の文化財」として、ユネスコの世界文化遺産に登録された。それはちょうど平安遷都千二百年という記念すべき年と重なり、観光都市・京都はますます注目されるようになった。東日本大震災のあった二〇一一年を除けば、観光客数はほぼ右肩上がりで、一年間では五千万人を超える人が訪れている。

室町時代の応仁の乱や、幕末の戦乱などによって、昔の街並みがそのまま残されているわけではないにしても、古《いにしえ》の都という名にふさわしい佇《たたず》まいは、やはり京都ならではのものだろう。そして、長い歴史のなかで渦巻くさまざまな愛憎が、京都をミステリアスな街にしているのではないだろうか。本書『京都綺談』には、その京都を舞台にした八作が収録されている。

いまさらいうまでもなく、現在の京都の中心部に平安京が設けられたのは西暦七九四年、延暦十三年のことである。西暦七八四年、桓武《かんむ》天皇は平城京から長岡京に遷都したが、飢餓や疫病の流行、桓武天皇の近親者の死去や皇太子の発病と、凶事がつづいた。これは非業の死を遂げた桓武の弟、早良《さわら》親王の怨霊によるものだと陰陽師が占ったことで、桓武天皇はわずか十年ほどで平安京にまた遷都したのである。

遷都とともに行政組織も整えられていくが、九世紀に入って間もなくに設置されたのが検非違使《けびいし》だった。当初は犯罪や風俗の取り締まりに携わり、やがては訴訟や裁判も扱い、強大な権力を有するようになる。現代で言えば警察と検察を合わせたものだ。

京都の東に位置し、東国との交通の要《かなめ》である山科《やましな》で発見された男の屍骸を、その検非違使が吟味しているのが、芥川龍之介「藪の中」(「新潮」一九二二・一　講談社文庫『藪の中』収録)である。幾人もの証言によって事件が再構築され、なかには巫女《みこ》による死者の証言もあるのだが、真相は「藪の中」である。『今昔物語集』にそのルーツがあるというが、今なお謎解きの興味をそそっている物語だ。

その『今昔物語集』は作者不明だが、平安時代末期の成立と言われている。千余りの説話が収録され、なかには日本最古の物語とされる『竹取物語』に似たエピソードもある。『竹取物語』もまた作者不明だが、その候補者のひとりに、菅原道真にその才能を買われていた紀長谷雄《きのはせお》(八四五―九一二)がいる。

澁澤龍彥「女体消滅」(「文藝」一九七九・五　河出文庫『唐草物語』収録)は、平安前期の漢詩人であるその紀長谷雄にまつわる絵巻物『長谷雄草紙』に材を取ったものだ。平安朝ならではの怪異譚だが、どこか幽玄な趣《おもむき》も漂っている。

十世紀半ば、平将門の乱に功績のあった源経基《つねもと》は、清和天皇の第六皇子・貞純《さだずみ》親王の長男で、いわゆる清和源氏の祖となった人物である。その経基を祀っているのが南区壬生通八条角の六孫王《ろくそんのう》神社だが、水上勉「西陣の蝶」（「別冊文藝春秋」一九六二・六　中央公論社『水上勉全集5』収録）は、六孫王神社で毎月二十一日にたっていた市から物語は始まる。

市の賑わいも去った夜の八時三十分頃、太鼓橋で男が殺された。犯行直後、そこを通りかかったのが、屑物買いの田島与吉である。与吉は交番に通報するが、犯人として逮捕されたのはその与吉だった。ひとつの殺人事件が投げかけた波紋は、長い時を隔てて、哀切極まりないラストに収束している。

六孫王神社は九六三（応和三）年に創建されているが、応仁の乱で社殿を失ってしまった。時が流れ、江戸時代になって、徳川綱吉によって再建される。広大な庭園もあり、源氏ゆかりの神社として武家の信仰が厚かった。江戸幕府の崩壊とともにまたさびれてしまったが、昭和初期に再び興《おこ》され、清和源氏の子孫によって支えられて、現在は「六孫さん」として親しまれている。桜の名所でもある。

その清和源氏の直系である源頼朝が興した鎌倉幕府、やはり清和源氏の一家系である足利家の室町幕府、そして江戸幕府と、平安時代後期からは武家政権がつづくが、文化的にみればやはり京都がいつも日本の中心にあったと言えるだろう。

一六一五（元和元）年、徳川家康は、書や陶芸などに多彩な才能を見せた本阿弥《ほんあみ》光悦《こうえつ》に、鷹峯三山（鷹ヶ峰・鷲ヶ峰・天ヶ峰）が見られる土地を与えた。その頃は辻斬りや追い剝ぎが出没する物騒な土地であったというが、丹波へと向かう周山街道の入り口の警備を任させたとも言われる。その光悦はこの地に、蒔絵や陶芸などの職人とともに移住した。それによってこの一帯は芸術工房となる。

光悦の死後、屋敷は光悦寺となったが、赤江瀑「光悦殺し」（「太陽」一九七七・七　光文社文庫『花夜叉殺し』収録）は、その光悦寺にまつわるミステリーだ。七つの茶室が点在し、紅葉の名所として知られている、光悦寺の佇まいが巧みに作中に織り込まれて、ダイイングメッセージが謎解きの興味をそそるだろう。だが、謎解きのあとに不思議な余韻を湛えている。

徳川幕府二代将軍秀忠の時代の一六一四（慶長一九）年、角倉了以《すみのくらりょうい》・素庵《そあん》親子によって、京都中心部から伏見へと運河が開削された。水深が浅く、高瀬舟と呼ばれていた小舟がもっぱら使われたために、高瀬川と呼ばれるようになる。江戸時代には物流のメインルートだった。その役目を終えた今は河川改修によって分断されているが、歓楽街を控えめに流れている高瀬川の沿岸は、桜の名所として賑わっている。

江戸時代、罪人を大坂へと護送する船もその高瀬川を利用した。森鷗外「高瀬舟」（「中央公論」一九一六・一　ちくま文庫『森鷗外全集5』収録）は、十八世紀末の寛政の頃、その船のなかで、ある犯罪の背景がしみじみと語られていく。ほぼ百年前に発表された短編であり、京都の同心が書き残した「翁草《おきなぐさ》」にあるエピソードがもとになっているというが、ここには今なおさまざまな視点から論議されているテーマが語られている。

ところで、近年の京都を舞台にしたミステリーには、町屋がよく登場する。町屋とは商人や職人などが住みながら生業《なりわい》を営む建物のことだが、とりわけ京町屋の昔ながらの趣が注目を集めているようだ。

京町屋は千二百年余り前から伝わる歴史的建造物だが、じつは火災によって多くが失われ、現在残っているのは江戸時代中期の様式とのことだ。間口が狭く、奥行きが深いことから、よく「うなぎの寝床」と呼ばれている。

岸田るり子「けっして忘れられない夜」（「ハヤカワミステリマガジン」二〇〇九・四　原書房『味なしクッキー』収録）は、その町屋を改造したヘアサロンのカリスマ美容師が、恋愛関係のもつれから体験した怪奇譚である。同じ店のスタッフだった彼女は、京都での生活に疲れたから郷里に帰ると、主人公に最後の手料理をふるまうのだが……。

京町屋は毎年百件以上潰されているそうだ。その一方で、リノベーションやリフォームによって、さまざまな用途に再利用されている昨今である。

そんな趣のある京町屋ではなく、「哲学の小径」に近い荒《あば》ら屋を舞台にしているのが高木彬光「廃屋」（「実話と読物」一九四九・六　角川文庫『妖術師』収録）だ。医者の別宅だったという二階建ての宏壮な建物も、今は廃屋となり、茫漠とした妖気が漂うばかりである。その妖気に誘われた男の数奇な物語は、なぜか京都に似合っているのだ。

日本を代表する哲学者の西田幾多郎は、京都帝国大学の教授だった大正時代、熊野若王子神社から銀閣寺に至る疏水《そすい》に沿った小径を、思索に耽《ふけ》りながらよく散歩したという。そのエピソードから、二キロメートルほどの道は「思索の小径」と呼ばれ、西田の弟子たちもよく散策したことから、やがて「哲学の小径」と呼ばれるようになった。

明治時代には「文人の道」とも言われていたその道は、保存運動を進めるに際して、「哲学の道」という名称となった。春は桜、秋は紅葉と、多くの観光客が訪れている。

その観光客のなかには、修学旅行で訪れた学生もたくさんいるに違いない。京都市産業観光局のとりまとめによれば、二〇一三年に京都を訪れた修学旅行生は百十万人余りにもなるという。そしてなんと、全国の修学旅行生の三人に一人が京都を目的地としているらしい。今や海外へ修学旅行で出かける学校も多いなか、さすがは京都である。

柴田よしき「躑躅幻想」（「週刊小説」一九九九・六・十一　祥伝社文庫『貴船菊

の白』収録）の主人公である新人作家は、京都へは中学の修学旅行で行ったことがあるきりだった。だが、新人賞をとった雑誌社から、古都をテーマとした短編を受賞後第一作として求められ、京都を訪れる。その京都での体験が、彼の人生を大きく変えるのだった。白昼夢のようなその体験は、長い歴史を秘めた京都の街ならではのものだ。

ここで舞台となっているのは鴨川だ。京都の繁華街を南北に貫き、伏見で嵐山のほうから流れてくる桂川と合流し、淀川へと入る。自然豊かだが、一方で氾濫を繰り返す川でもあった。二条大橋から五条大橋にかけての西岸に設けられる納涼床は、夏の風物詩となっている。

海外からも多くの人が訪れる京都の魅力を、あらためてここで語るまでもない。そして、小説の舞台としても京都がじつに魅力的なことは、本書収録の八編でも明らかだろう。

京都綺談《きょうときだん》

二〇一五年六月二十五日　初版第一刷発行

編　者　山前《やままえ》　譲《ゆずる》

発行者　増田義和

発行所　株式会社有楽出版社
〒一〇四－〇〇三一
東京都中央区京橋三－六－五　木邑ビル四階
☎〇三－三五六二－〇六七一

発売所　株式会社実業之日本社
〒一〇四－八二三三
東京都中央区京橋三－七－五　京橋スクエア
☎〇三－三五三五－四四四一（販売）
振替　〇〇一一〇－六－三二六
実業之日本社URL　http://www.j-n.co.jp

印刷・製本　大日本印刷株式会社

ISBN978-4-408-59436-1